共和国故事

融入世界

——中国正式成为世贸组织成员

曾 勋 编写

吉林出版集团股份有限公司

图书在版编目（CIP）数据

融入世界：中国正式成为世贸组织成员/曾勋编. —

长春：吉林出版集团股份有限公司，2009.12

（共和国故事）

ISBN 978-7-5463-1853-0

Ⅰ. ①融… Ⅱ. ①曾… Ⅲ. ①纪实文学－中国－当代 Ⅳ. ①I25

中国版本图书馆 CIP 数据核字（2009）第 233802 号

融入世界——中国正式成为世贸组织成员

RONGRU SHIJIE　　ZHONGGUO ZHENGSHI CHENGWEI SHIMAO ZUZHI CHENGYUAN

编写　曾勋

责任编辑　祖航　李婷婷

出版发行　吉林出版集团股份有限公司

印刷　三河市嵩川印刷有限公司

版次　2010 年 1 月第 1 版　　2022 年 1 月第 9 次印刷

开本　710mm×1000mm　1/16　　印张　8　字数　69 千

书号　ISBN 978-7-5463-1853-0　　定价　29.80 元

社址　吉林省长春市福祉大路 5788 号

电话　0431－81629968

电子邮箱　tuzi8818@126.com

前　言

自1949年10月1日中华人民共和国成立至今,新中国已走过了60年的风雨历程。历史是一面镜子,我们可以从多视角、多侧面对其进行解读。然而有一点是可以肯定的,那就是,半个多世纪以来,在中国共产党的领导下,中国的政治、经济、军事、外交、文化、教育、科技、社会、民生等领域,都发生了深刻的变化,中国人民站起来了,中华民族已屹立于世界民族之林。

60年是短暂的,但这60年带给中国的却是极不平凡的。60年的神州大地经历了沧桑巨变。从开国大典到60年国庆盛典,从经济战线上的三大战役到经济总量居世界第三位,从对农业、手工业、资本主义工商业的三大改造到社会主义市场经济体制的基本确立,从宜将剩勇追穷寇到建立了强大的国防军,从废除一切不平等条约到独立自主的和平外交政策,从"双百"方针到体制改革后的文化事业欣欣向荣,从扫除文盲到实施科教兴国战略建设新型国家,从翻身解放到实现小康社会,凡此种种,中国人民在每个领域无不留下发展的足迹,写就不朽的诗篇。

60年的时间在历史的长河中可谓沧海一粟。其间究竟发生了些什么,怎样发生的,过程怎样,结果如何,却非人人都清楚知道的。对此,亲身经历者或可鲜活如昨,但对后来者来说却可能只是一个概念，对某段历史的记忆影像或不存在，或是模糊的。基于此，为了让年轻人，特别是青少年永远铭记共和国这段不朽的历史，我们推出了这套《共和国故事》。

《共和国故事》虽为故事，但却与戏说无关，我们不过是想借助通俗、富于感染力的文字记录这段历史。在丛书的谋篇布局上，我们尽量选取各个时代具有代表性或深具普遍意义的若干事件加以叙述，使其能反映共和国发展的全景和脉络。为了使题目的设置不至于因大而空，我们着眼于每一重大历史事件的缘起、过程、结局、时间、地点、人物等，抓住点滴和些许小事，力求通透。

历史是复杂的，事态的发展因素也是多方面的。由于叙述者的视角、文化构成不同，对事件的认知或有不足，但这不会影响我们对整个历史事件的判断和思考，至于它能否清晰地表达出我们编辑这套书的本意，那只能交给读者去评判了。

这套丛书可谓是一部书写红色记忆的读物，它对于了解共和国的历史、中国共产党的英明领导和中国人民的伟大实践都是不可或缺的。同时，这套丛书又是一套普及性读物，既针对重点阅读人群，也适宜在全民中推广。相信它必将在我国开展的全民阅读活动中发挥大的作用，成为装备中小学图书馆、农家书屋、社区书屋、机关及企事业单位职工图书室、连队图书室等的重点选择对象。

编　者

2010 年 1 月

目录

目 录

一、 申请复关

● 吴学谦说："作为关贸总协定的创始国之一，中国希望恢复在这个组织中的地位，因为这符合中国对外开放政策的需要。"

● 谷永江表示："中国将签署乌拉圭回合一揽子结果，支持建立世界贸易组织（简称世贸组织），并要求尽早成为该组织的创始成员国。"

吴学谦阐明中方立场

1986 年 1 月 11 日上午，国务委员兼外交部部长吴学谦在外交部会见关税及贸易总协定（简称关贸总协定）总干事邓克尔一行。

吴学谦对关贸总协定在 1971 年按照联大恢复中国合法席位的决议，作出终止台湾当局在关贸总协定缔约国大会的观察员地位的决定表示赞赏。

吴学谦说：

作为关贸总协定的创始国之一，中国希望恢复在这个组织中的地位，因为这符合中国对外开放政策的需要。

吴学谦强调指出：

中国一向是本着平等互利的原则与各国进行经济交往的。中国恢复在关贸总协定的地位后，仍将根据这一原则与总协定各成员国发展贸易关系。

当天，邓克尔一行离开北京，返回设在日内瓦的关贸总协定的总部。

　　关贸总协定，是一项规范关税与贸易准则的多边国际协定，也是当时世界上调节国际经济贸易关系的重要国际经济组织。

　　关贸总协定的宗旨是通过实施多边最惠国待遇、削减关税、取消非关税壁垒与歧视、提高各国生活水平、扩大就业、使实际收入和有效需求持续增长、扩大世界资源的充分利用和发展商品生产和交换。

　　早在 1946 年 2 月，首届联合国经济及社会理事会通过美国建议召开"联合国贸易与就业会议"的提议。会议的任务是起草《国际贸易组织宪章》。从 1946 年至 1948 年，经过在伦敦、纽约、日内瓦、哈瓦那的一系列筹委会会议，完成了多边贸易谈判和宪章的起草工作。

　　关贸总协定是在日内瓦会议期间起草的，拟作为国际贸易组织的一个附属文件，其内容包括关税谈判的结果和一些防止逃避关税减让义务的条款。

　　后来，由于《国际贸易组织宪章》流产，而关贸总协定又不能自行适应，1947 年 10 月，美国、英国等 23 个关贸总协定的成员国又签署了一份总协定，即《临时适用议定书》，于 1948 年 1 月 1 日生效，关贸总协定也自该日起临时生效。

　　到 20 世纪 80 年代中期，关贸总协定的成员国有 105 个，缔约国之间的贸易占目前世界贸易总额的 85% 以上。关贸总协定起着协调世界各国贸易政策的作用，它所制定的目标、法则、规则，被世界绝大多数国家所采用、遵守，对促进世界贸易与经济增长起着重要的作用。

中国是关贸总协定的原始缔约国之一，于 1947 年 10 月 30 日通过接受《临时适用议定书》取得关贸总协定的缔约国地位。

但是，在中华人民共和国成立之后的三十多年里，中国没有参加关贸总协定的活动。又由于台湾当局在 1950 年 3 月宣布退出关贸总协定，这就使得中国失去了在关贸总协定的席位。

从 20 世纪 70 年代后期起，中国开始实行改革开放的政策，在国内对原来高度集中的计划经济体制逐步加以改革，对外则积极推进贸易和投资等方面的国际经济合作，并寻求在包括关贸总协定在内的国际经济组织中发挥积极作用。

中方提交复关申请

1986 年 7 月 11 日，中国驻日内瓦联合国常驻代表团代表钱嘉东大使，向关税及贸易总协定总干事邓克尔提交中国政府关于恢复中国在关贸总协定缔约国地位的申请。

该申请书中写道：

> 中国是关贸总协定创始国之一，现决定申请恢复它在关贸总协定缔约国地位，并准备就此问题同关贸总协定缔约各方进行谈判。

申请书接着写道，中国实行对外开放、对内搞活的经济政策，并将继续坚持这一政策。中国政府坚信，中国经济改革的进程，将有助于扩大它同缔约各方的经济贸易关系；中国作为关贸总协定缔约国参加关贸总协定的工作将有利于促进关贸总协定目标的实现。

按照关贸总协定程序，中国的这个申请将被立即通知缔约国各方。一旦中国提出关于中国经济和外贸体制的情况报告后，关贸总协定将成立工作组进行审议。

中国选择在这一时间递交申请，最主要的原因是，关贸总协定缔约方即将开始以关税减让为主要内容的新一轮贸易谈判，中国希望能参与其中。该轮谈判定于1986年9月15日在乌拉圭的埃斯特角城举行，即著名的"乌拉圭回合谈判"。

另一个直接原因正是邓克尔的积极推动。早在1986年1月上旬，中国邀请邓克尔首次访华，中方首次表态希望恢复《关税与贸易总协定》中的缔约国地位（简称复关）。

这个正掀起建设热潮的东方大国，无疑给邓克尔留下了美好而深刻的印象。因此在中国申请复关的问题上，邓克尔一直在努力为中国争取。

在确认恢复中国缔约方地位的合法性后，邓克尔建议，中国应在复关申请中加上"愿同缔约方进行谈判"的意思，"这样可以减少缔约方的疑虑，也会减少某些不必要的麻烦，加快中国进入关贸总协定的步伐"。

更重要的是，在邓克尔的协调和支持下，关贸总协定秘书处没有要求中国同时提交经济和贸易制度情况备忘，而只需先作承诺，再慢慢启动有关工作。

于是，邓克尔在中方申请复关的照会里加上了这样的话：

> 中国准备就恢复其缔约方地位同关贸总协定缔约方进行谈判。为此目的，中国将提供其经济和对外贸易制度方面的情况。

包括邓克尔在内，各方面当时对中国尽快复关均持乐观态度。当然谈判争议也非常激烈，其中一个焦点就是，要不要给中国以发展中国家待遇。

在后来的 1987 年 10 月，邓克尔再次访华，考察了深圳、重庆等城市的外贸情况。他在山城重庆时，早上 6 时就跑到街上体验早市。

当时的重庆作为老工业城市，"烟筒林立，码头杂乱"，令邓克尔深感中国与欧美存在巨大差距，坚定了他支持中国以发展中国家地位复关的基本立场。

事实上，中国早在 1980 年就恢复了在世界银行和国际货币基金组织的地位。因此，恢复关贸总协定的缔约国地位就成为十分突出的议题。

"复关"的机遇体现在中国经济更深入地参与世界经济一体化，从而逐步缩小中国同世界各国的收入和消费水平的差距，改善和提高人民的生活水平。

重返关贸总协定将保障中国同世界各国一样享受充分利用世界经济格局变革所带来的各种机遇。

世界经济相互依存、相互渗透程度日益加深，"复关"将使中国经济同世界经济建立更为密切的联系，中国的经济与外国经济利益紧密相连，任何伤害中国经济利益的企图都不免造成对自己的伤害，因而中国将获得更大的安全保障。

中国经济正处于上升阶段，维持一个开放的多边贸易体制可以使中国获得更多利益。

1982年9月，中国向关贸总协定提出作为观察员参加关贸总协定活动的申请获得批准。同年11月，中国首次派出代表团以观察员身份列席关贸总协定第三十八届缔约国大会。

1984年11月8日下午，历时3天的关贸总协定理事会会议在日内瓦结束。

会议一致同意中国列席今后的关税及贸易总协定理事会及其附属机构的会议。这次会议主要是为定于11月26日举行的关贸总协定缔约国大会做准备。

许多国家的代表在会上发言时热烈欢迎中国列席关贸总协定的会议，认为中国的出席是"一个重要的和积极的因素"，并希望中国在总协定内发挥更大的作用。

中国代表赵公达在会上发言时，对各国代表的支持表示感谢。赵公达说，中国的参加"将增加中国对关贸总协定活动的了解，便于中国政府就成员国地位问题作出决定"。

在区域性贸易集团不断发展和以非关税壁垒为特征的新贸易保护主义的不断冲击下，关贸总协定多边体系遭受严重冲击。中国重返关贸总协定，将给世界经济贸易格局带来巨大影响。

当时，某些贸易保护主义者鼓吹关贸总协定体系已过于老旧，不足以支撑现代国际经济。在这种情形下，中国加入总协定无疑是对它的一大支持。这将有利于公正合理的国际经济新秩序的尽早实现。

同时，中国重返关贸总协定，将大大增强发展中国家在关贸总协定中的地位和实力，中国将成为代表发展中国家立场和利益的一种中坚力量，促进合理、公正的世界经济新秩序的产生。

　　中国是最有发展潜力的市场，重返关贸总协定后，将逐步向一百多个缔约方敞开市场大门，中国的商品也将更多地进入各个缔约国。中华民族在世界经济中的地位也会由此大增。

中国代表参与乌拉圭回合谈判

1986 年 6 月 17 日，中国常驻日内瓦代表团大使在关贸总协定特别理事会上发表声明，表示中国希望参加即将发动的多边贸易谈判和计划于同年 9 月在乌拉圭埃斯特角召开的部长级会议。

7 月 14 日，中国在向全体缔约方递交的照会中通知各方，中国决定要求恢复在关贸总协定中的地位，并准备与缔约方就恢复中国在关贸总协定中的缔约方地位进行谈判。

这一要求符合关贸总协定缔约方就参加部长级会议而制定的程序，因而中国被邀请参加埃斯特角会议。在参加会议的各缔约方部长们的努力下，部长级会议宣言为中国参加这一轮多边贸易谈判提供了依据。

宣言的第一部分第六条第一款第四项规定：

谈判对所有已通知全体缔约方准备就其缔约方地位的条件进行谈判的国家开放。

会议主席就参加谈判问题作出进一步说明：

多边贸易谈判的参加方有权参加所有议题

的谈判;

　　非缔约方只有在缔约方表决这些谈判结果时不能参加。

　　这样，中国成为一个全面参加乌拉圭回合多边贸易谈判的成员。

　　1947 年至 1986 年，关贸总协定已主持了 7 次多边贸易谈判。其中，第五次、第六次、第七次同称为几大回合，即"狄龙回合""肯尼迪回合""东京回合"。

　　东京回合是指关贸总协定第七轮多边贸易谈判，1973 年 9 月始于日本东京，后改在瑞士日内瓦举行，1979 年 4 月结束，99 个国家参加。

　　当时，会议讨论的内容主要包括农产品贸易、热带产品贸易自由化、数量限制和其他非关税措施、关税、多边贸易谈判协议安排、结构调整和贸易政策、冒牌货物贸易、国内禁销品的出口、资本货物的出口、纺织品和服装、某些自然资源产品的贸易问题、汇率波动及其对贸易的影响等。

　　不难看出，东京回合讨论的问题已扩大到包括非关税壁垒问题在内的新领域。

　　当时，因东京回合由美国总统尼克松与欧洲共同体和日本多次协商后提议召开，故一度也称"尼克松回合"。这一回合以全面削减方式进行的削减关税谈判的结果，使进口关税水平下降了 35%，9 个主要工业市场制成品平均关税率由7%降为4.7%。其中，欧共体为5%、美国为4%、日本为3%，涉及包括部分农产品在内的3000多亿美元的贸易额。

东京回合的会谈比以往任何协议的内容都更为广泛和丰富，不仅对贸易制定了减少和取消关税和非关税壁垒的措施，而且对以后10年多边贸易体制的形式和国际贸易的关系作出了设计。

关税与贸易总协定前七轮谈判，大大降低了各缔约方的关税，促进了国际贸易的发展。但从20世纪70年代开始，特别是进入20世纪80年代以后，以政府补贴、双边数量限制、市场瓜分和各种非关税为特征的保护主义重新抬头。

到20世纪80年代，东京回合的协议已经无法满足日益繁荣的国际贸易，因此，一次更加具有广度和深度的回合谈判正在酝酿。

为了遏制贸易保护主义，避免全面的贸易战发生，美、欧、日等缔约国共同倡导发起了此次多边谈判，决心制止和扭转保护主义，消除扭曲现象，建立一个更加开放的、具有生命力和持久的多边体制。

于是，关贸总协定的部长们决定1986年9月在乌拉圭的埃斯特角城举行会议，发起乌拉圭回合谈判。

沈觉人对记者发表谈话

1988 年 12 月 5 日上午，关贸总协定乌拉圭回合多边贸易谈判中期审评部长级会议在蒙特利尔开幕，这是关贸总协定多边贸易谈判中的第一次中期审评会议。

蒙特利尔坐落于加拿大渥太华河和圣劳伦斯河交汇处，是加拿大魁北克省的经济中心和主要港口。

蒙特利尔最初被称为"玛利亚城"，一些历史学家认为蒙特利尔现在的市名来自皇家山。

市区内处处充满了法国情调，这里是典型的英法双语城市。市内有很多哥特式教堂，法语居民占多数，体现出独特的法国文化底蕴，被认为是北美的"浪漫之都"。

蒙特利尔是一个繁荣的国际大都市，同时也是加拿大历史最悠久的城市。1642 年，法国在这里建立了殖民地。这里已经成为一个多种文化的聚集地，辛勤劳动得到的富裕、各大洲移民带来的不同传统使蒙特利尔成为一个兴旺发达的贸易中心。

蒙特利尔会议的目的是审评自 1986 年 9 月这一轮谈判开始以来的进展情况，为以后两年的最后谈判确定方向。

103 个国家和地区的 892 名代表参加这次会议，其中部长级代表 90 人，来自国际货币基金组织、世界银行等一些组织的代表也应邀参加了会议。

　　以对外经贸部副部长沈觉人为团长的中国代表团一行 10 人参加了这次会议。这是中国自 1949 年以来首次正式参加多边贸易谈判。

　　在开幕式上，加拿大总理马尔罗尼呼吁与会代表本着现实主义和妥协的精神，担负起历史的责任，使这次会议取得成功。

　　马尔罗尼强调指出：

　　　　加美两国依据关贸总协定精神签订的自由贸易协定对解决投资和服务等问题有新的突破，可以成为关贸总协定很好的榜样。

　　他说，这一轮的多边贸易谈判目前正处在十字路口，此次会议的任务"相当艰巨"，"我们或者屈服于保护主义的非建设性势力，或者去寻求建设一个更有活力和更有保障的世界经济"。

　　马尔罗尼最后充满希望地说：

　　　　会议开得成功，就可能成为走向下一个 10 年，甚至下一个世纪更为活跃的世界经济的出发点。

　　开幕式后，进入大会发言阶段，当天有近 30 名代表发言。这次会议预计于当月 7 日结束，但也可能根据需要而延长。

当天，沈觉人对记者发表谈话说，中国将积极参加关贸总协定谈判。

在谈到关于中国在这次会议上对什么问题最感兴趣时，沈觉人说："中国是第一次参加自 1986 年开始的乌拉圭回合的谈判。"同时，他表示自己对多边谈判的所有问题都感兴趣，并将积极地参与谈判。

他指出：

> 中国进入多边贸易谈判体系是对外开放政策的要求，它将有助于中国的改革和对外经济交往，有助于中国的四个现代化建设……有些国家或地区认为中国进入关贸总协定将会对它们构成威胁，这是一种误解。

沈觉人强调说：

> 中国虽然是一个纺织品出口国，但它生产的纺织品大量是在国内销售，出口所占的比例并不大。因此，外国的担心是不必要的。

沈觉人还与巴西代表团团长、巴西外交部秘书长富莱沙·德利马会晤，向他通报中国争取恢复在关贸总协定地位的进展情况。

富莱沙·德利马表示，巴西将一直积极支持中国。他说：

> 中国重新进入关贸总协定将有助于国际贸易的发展，巴西希望在多边贸易中加强同中国的合作。

当时，一些谈判组已完成制定谈判原则和方式的工作，进入实质性谈判或接近达成初步协议，但一些分歧较大的议题仍进展缓慢。

这次部长级会议就是对整个谈判进展做一次中期审评，以进一步推动谈判进程。从两年来的谈判情况看，关于加强关贸总协定体制作用问题，由于是属于改进多边贸易体制的议题，一般不涉及各国的特殊利益，因此各方的观点比较一致，对协议的构想已经明朗化。一旦中期审评通过，即可开始试行。

关于关税、非关税措施、保障措施、总协定条款、多边贸易守则、补贴反补贴措施等6个传统议题因各国的贸易立法、关税制度不同，加之某些发达国家违背非歧视原则，致使谈判陷入僵局。这些分歧将交由蒙特利尔会议审议。

农产品、热带产品、自然资源产品、纺织品与服装等4个组是有关具体产品类别的谈判。农产品谈判，主要是美国与欧洲共同体的粮食出口补贴之争。另外还有中小农产品出口国组成的凯恩斯集团，该集团主张尽快减少补贴，扩大市场。但因欧洲共同体在谈判中立场僵硬，逐步取消补贴的实质问题并未解决。

热带产品关系到发展中国家的出口利益，这些国家提出许多关税和非关税减让要求，而主要发达国家则坚持所有国家，特别是具备条件的发展中国家都应对热带产品开放市场并作互惠减让，对此各方尚未达成一致意见。

与贸易有关的知识产权、投资措施和服务贸易是第八轮多边贸易谈判的三大新议题，也是难度最大的议题。

美国等发达国家在这些方面具有相对优势，力主列入谈判，而发展中国家大都持保留态度。

争议的焦点是在知识产权、投资措施和服务贸易领域是否需要建立多边制度、制定实质性的准则或标准，将关贸总协定的某些基本原则，如最惠国待遇、国民待遇、透明度要求等扩大到这些新领域。

蒙特利尔会议在这些问题上将有一番激烈的争论。在整个谈判中，发达国家之间的矛盾是主要矛盾，同时发展中国家与发达国家之间的矛盾也很尖锐。在"乌拉圭回合"期间贸易战不断，出现了一种边谈边打的局面。

以这次谈判为起点，以中国为首的发展中国家更积极、更全面地参与多边贸易谈判，从 20 世纪 70 年代"东京回合"谈判起；发展中国家的作用日益增强。

在这轮谈判中，多数发展中国家从一开始就积极参与，提出自己的主张和谈判方案。

"乌拉圭回合"谈判既是谈判桌上的讨价还价，同时也是各国之间的经济实力的较量。各国都期望通过蒙特利尔会议，进一步推动全球贸易谈判进程，克服保护主义壁垒，改善国际贸易环境，增强多边贸易体制。

中国递交关税减让单

1990 年 12 月 1 日，出席关贸总协定缔约国部长级会议的中国代表团团长沈觉人，在比利时首都布鲁塞尔表示："中国要为乌拉圭回合谈判的成功作出积极努力。"

当天，沈觉人对中国记者说：

由关贸总协定主持下的乌拉圭回合谈判的成功将对今后世界经济和贸易的发展带来深远的影响。中国愿意与各国代表团一道努力，以真诚和积极合作的态度为乌拉圭回合最后谈判取得平衡和实质性的协议作出积极贡献。

沈觉人希望"各国能从发展世界经济和贸易的大局出发，互谅互让，使谈判取得积极的成果"。

乌拉圭回合谈判是世界多边贸易谈判，由 107 个国家和地区参加的第八轮谈判将于 1990 年 12 月 7 日在布鲁塞尔结束。

由中国对外经济贸易部副部长沈觉人率领的中国代表团，于 1990 年 11 月 30 日抵达布鲁塞尔，前来参加将于 12 月 3 日至 7 日举行的乌拉圭回合谈判最后一次部长级会议。

同时，中国代表团向关贸总协定秘书处首次递交农产品和工业品关税减让单。关贸总协定缔约方根据中国外贸制度备忘录，提出了 2600 个问题。这 2600 个问题分别被交到中华人民共和国国家计划委员会（简称国家计委）、中华人民共和国国家经济体制改革委员会、中华人民共和国海关总署、中华人民共和国外交部等部门回答。

然后，中国代表团再将书面回答交给美国、欧盟、加拿大等国家。过了两个月，等中国工作组第二次会议召开时，关贸总协定缔约方又围绕上一次中方解释的情况提出新的问题。

中方代表又将这些问题带回北京，分类进行书面解答。

这些问题主要集中在中国经贸体制是怎么运作的？为什么说以计划经济为主，以市场调节为辅？什么叫国家调节市场，市场引导企业？什么叫有计划的商品经济？

中国代表团的第二项任务是整理综合问题清单。在解答问题阶段之后，西方发达国家根据中国的答疑材料，整理出新的清单，即初步综合问题清单。

这个清单也是讨论议定书的原始基础。这一综合问题清单就是定性是否是市场经济。

对这个问题，中方代表从 1989 年前后，一直解释到 1991 年年底。

1993 年 3 月 19 日，中国代表卢瑞书在日内瓦呼吁贸易大国做出最大的政治努力，打破乌拉圭回合贸易谈判中的僵局，恢复谈判，以便早日取得各方利益平衡的结果。

卢瑞书在联合国贸易和发展理事会第三十九届会议二期会议上发表讲话时指出：

> 主要贸易大国对乌拉圭回合谈判屡遭挫折负有不可推卸的责任。发展中国家对乌拉圭回合谈判的参与程度和范围是史无前例的。在谈判过程中，发展中国家虽然有自身的经济困难，贸易条件差，但仍然做出了许多让步，并为调整国内政策、改进措施付出了重大代价。但发达国家却没充分考虑它们在利益相关领域中给予优惠和差别待遇的要求。

卢瑞书强调指出：

> 就在乌拉圭回合谈判接近尾声之时，贸易保护主义行为有增无减，致使谈判一再拖延，发展中国家深受其害。

他认为，乌拉圭回合"最后文件草案"虽不尽如人意，中国所关心的某些利益没有得到反映，但仍不失为结束谈判的基础。

卢瑞书还说："乌拉圭回合谈判失败或久拖无果，不但给发展中国家的改革和贸易自由化进程造成难以估量的损失，而且还将对世界贸易产生重大不利影响。"

1993 年 3 月 26 日，联合国贸易和发展会议理事会致函参加乌拉圭回合谈判的各方，敦促其充分考虑发展中国家的利益，尽快结束这轮多边贸易谈判。

谷永江签署一揽子协议

1993 年 12 月 15 日晚上，历时 7 年之久的关贸总协定乌拉圭回合谈判终于在日内瓦敲响闭会的槌声。117 个参加方的代表热烈鼓掌，祝贺这个"历史性时刻"的到来。

乌拉圭回合谈判所达成的多边贸易协议，是国际社会为开放全球贸易做出的最大努力。

12 月 16 日下午，中国外交部发言人吴建民在记者招待会上说：

> 乌拉圭回合多边贸易谈判的顺利结束有助于遏制贸易保护主义的蔓延，促进国际贸易的发展和世界经济的增长。中国政府对此表示欢迎。

吴建民在回答记者提问时指出：

> 中国作为乌拉圭回合的全面参加方，按谈判程序履行了应尽的义务，为乌拉圭回合的结束作出了自己的贡献。我们也准备在复关后签署乌拉圭回合最后协议，履行协议规定的义务。

他接着说：

　　一个致力于改革和对外开放的中国需要参加多边贸易体制，关贸总协定体制的加强也需要中国的全面参与。不恢复中国在总协定里的缔约国地位，总协定的普遍性是有重要缺陷的。早日解决中国复关问题，是双方的共同利益所在。

当天，外经贸部一位高级官员说：

　　关贸总协定乌拉圭回合谈判的成功，表明世界各国确认了要建立一个开放合作的多边贸易体制。中国对此表示欢迎。

这位官员对新华社记者说，中国作为乌拉圭回合的全面参加方，一直主张建立一个开放、合作的多边贸易体制，反对贸易保护主义。

他接着说：

　　中国在积极参加谈判的同时，对国家的外贸政策按谈判的要求做了重大调整并提出了农产品、非农产品和服务贸易等关税减让表。中国对谈判的成功作出了自己应有的贡献。

1994 年 4 月 8 日中午，以对外经贸部副部长谷永江为团长的中国代表团离开北京，取道巴黎前往摩洛哥马拉喀什签署乌拉圭回合一揽子协议。

由关贸总协定乌拉圭回合贸易谈判委员会组织的全球贸易部长会议将于 1994 年 4 月 12 日至 15 日在马拉喀什举行，乌拉圭回合谈判的参加方都将派部长级代表团与会，并签署谈判达成的一揽子协议。

中国代表团秘书长称，这次马拉喀什会议是当今国际贸易界的一次盛会。他说：

> 中国虽然尚未恢复在关贸总协定缔约国的地位，但自 1986 年 9 月起就全面参与了乌拉圭回合谈判，因而取得了签署乌拉圭回合一揽子协议的资格。

外经贸部副部长助理龙永图说：

> 乌拉圭回合一揽子协议生效后，将宣布创立世界贸易组织，从而取代 1947 年成立的关贸总协定。这就使得中国"复关"谈判的目标不仅是恢复在关贸总协定中的缔约国地位，而且要争取一举成为世界贸易组织的创始成员。

　　他说中国政府决定在乌拉圭回合一揽子协议上签字，为中国成为世界贸易组织的创始成员创造了必要的条件。

　　龙永图认为，中国参加世界贸易组织，是它作为一个大国和重要的国际贸易伙伴应该享受的权利。他表示，中国政府将一如既往地在坚持权利与义务平衡原则的前提下，与其他缔约方共同努力，尽快完成"复关"谈判，从而成为世界贸易组织的创始成员，为加强世界多边贸易体制作出贡献。

　　4月13日上午，谷永江在乌拉圭回合马拉喀什部长级会议上表示：

　　　　中国将签署乌拉圭回合一揽子结果，支持建立世界贸易组织，并要求尽早成为该组织的创始成员国。

　　谷永江在发表讲话时阐述中国政府对世界贸易组织的立场，认为该组织的建立标志着世界多边贸易体制进入一个新的发展阶段。

　　他在讲话中说：

　　　　中国期待各方在新体制中全面、认真地实施乌拉圭回合谈判结果，进一步加强多边贸易机制，遏制贸易保护主义，为各国之间经贸关系的发展提供更大的稳定性和可预见性，从而给世界带来更多的贸易合作、更多的投资、更多的就业机会和更高的经济增长。

谷永江表示，中国再次明确要求早日复关并成为世界贸易组织创始成员，以增强世界贸易组织的普遍性和重要性。

在谈到发展中国家对乌拉圭回合谈判所作的贡献时，中国代表充分肯定了包括中国在内的这些国家为扩大国际贸易所采取的广泛的贸易自由化措施，并对发展中国家的利益未得到充分注意表示关切。他说："发展中国家，特别是最不发达国家的利益应按照特殊和优惠待遇的原则予以切实体现"。已有不少关贸缔约方表示支持中国尽早成为世界贸易组织创始成员。

4月15日，乌拉圭回合部长级会议在摩洛哥马拉喀什举行，正式签署乌拉圭回合协议最后文件和关于建立世界贸易组织取代关贸总协定的协议。这是世界史上最大的贸易协定。中国代表团团长谷永江在上述两个文件上签字。

乌拉圭回合谈判最大的成果是突破原有的议题，根据国际贸易发展的需要，达成《建立世界贸易组织协定》，通过建立贸易组织，取代"1947年关贸总协定"，完善和加强多边贸易体制，为执行乌拉圭回合谈判成果，奠定良好基础。

中国作为一个全面参加方参加了乌拉圭回合多边贸易谈判。中国代表团在乌拉圭回合谈判近 8 年的时间里就多边贸易规则的修改、制定与完善，与各谈判参加方出席了数以千计的会议、磋商和讨论。

在此期间，中国与喀麦隆、埃及、印度、肯尼亚、尼日利亚和坦桑尼亚等 6 个发展中国家于 1990 年 5 月 4 日就服务贸易总协定的草案向服务贸易谈判组提交了联合提案；与阿根廷、巴西、智利、哥伦比亚、古巴、埃及、印度、尼日利亚、秘鲁、坦桑尼亚、乌拉圭等 11 个发展中国家于 1990 年 5 月 14 日就《知识产权协定（草案)》向货物贸易谈判组提交了联合提案。

中国还分别于 1990 年 3 月 15 日和 1991 年 7 月 19 日向关贸秘书处提交了关税减让草案和服务贸易减让草案，并与一些有兴趣的缔约方就货物贸易和服务贸易的市场准入进行了双边谈判和磋商，并大大地改善了自己的减让水平，为乌拉圭回合多边贸易谈判达成较为平衡的最后案文作出了自己的贡献。

1994 年 4 月 15 日，中国代表与其他 100 多个国家和地区的代表签署乌拉圭回合多边贸易谈判最后文件和建立世界贸易组织的协议，表明中国承担多边义务的意向。中国在加入世界贸易组织之后将享受乌拉圭回合协议的权利并履行相应的义务。

二、 中美谈判

● 唐玉峰发言指出："世界贸易组织在中国完成复关谈判前作出这一决定表明，世界贸易组织需要中国的参与。"

钱其琛会晤美国国务卿

1995 年 4 月 17 日，在参加联合国《不扩散核武器条约》审议和延长大会之际，钱其琛副总理兼外长在纽约会晤美国国务卿克里斯托弗，双方就中美关系和共同关心的问题深入坦诚地交换意见。

中方参加会晤的还有刘华秋副外长、驻美大使李道豫、驻联合国代表李肇星等；美方参加会晤的有副国务卿塔尔诺夫、戴维斯等。

关于中美关系，钱其琛指出：

经双方共同努力，中美关系近来取得了一些新的进展，这是令人高兴的。但中美关系中仍存在一些问题和困难，需要认真对待，采取积极务实的态度来寻求妥善解决。目前世界局势并不稳定，中美之间有着共同的利益，保持良好关系有利于国际局势的健康发展。

克里斯托弗重申：

一个强大、稳定、繁荣和开放的中国符合美国的根本利益。希望美中两国在平等和互相尊重的基础上保持良好、稳定、建设性的合作关系。

中美两国外长还就国际安全和有关地区问题进行讨论，其中包括核不扩散问题。双方认为，国际核不扩散的成功符合中美两国的利益，愿密切合作推进核不扩散的共同目标。

为促进这种合作，双方决定两国官员经常会晤，讨论有关问题。

两国外长认为，《不扩散核武器条约》对核不扩散、核裁军、和平利用核能有不可或缺的作用。他们讨论条约延期对保证实现上述目标的价值，并同意为会议成功密切协调。

两国外长强调维护朝鲜半岛的和平与稳定，以实现半岛无核化的重要性，支持执行美朝框架协议。双方认为，朝鲜北南对话对促进朝鲜半岛的和平与稳定有关键作用。

双方还就中美之间的核合作协定、导弹不扩散问题联合声明进行了讨论。双方还同意就各自国家的武器出口控制制度问题交换意见。

接着，钱其琛和克里斯托弗还谈到中国加入世界贸易组织的问题。克里斯托弗说：

美国坚决支持中国加入世界贸易组织……

中国成为世界贸易组织成员将有助于美国和其他国家的产品在中国市场上进行平等竞争。

克里斯托弗还赞扬 1995 年 2 月中美就知识产权问题达成的协议。

中国成为世贸组织观察员

1995 年 7 月 11 日上午，总部设在日内瓦的世界贸易组织决定，接纳中国为该组织的观察员。

中国常驻日内瓦代表团副代表唐玉峰，在当天上午举行的世界贸易组织总理事会会议上发言指出：

世界贸易组织在中国完成复关谈判前作出这一决定表明，世贸组织需要中国的参与。

世界贸易组织是一个独立于联合国的永久性国际组织。1994 年 4 月 15 日在摩洛哥的马拉喀什市举行的关贸总协定乌拉圭回合部长级会议决定成立更具全球性的世界贸易组织，以取代成立于 1947 年的关贸总协定。

1995 年 1 月 1 日，世界贸易组织正式开始运作，负责管理世界经济和贸易秩序，总部设在瑞士日内瓦莱蒙湖畔。

改革开放以后，中国经济发生了日新月异的变化，从 20 世纪 80 年代开始，中国开始为恢复关贸总协定缔约国地位而努力。

早在 1986 年 7 月 11 日，中国驻日内瓦联合国常驻代表团代表钱嘉东大使，便向关贸总协定总干事邓克尔提交了中国政府关于恢复中国在关贸总协定缔约国地位的申请。

该申请书说：

中国是关贸总协定创始国之一，现决定申请恢复它在关贸总协定缔约国地位，并准备就此问题同关贸总协定缔约各方进行谈判。

申请书接着说，中国实行对外开放、对内搞活的经济政策，并将继续坚持这一政策。中国政府坚信，中国经济改革的进程将有助于扩大它同缔约各方的经济贸易关系，中国作为关贸总协定缔约国参加总协定的工作将有利于促进总协定目标的实现。

中国政府在申请书中阐明复关的三项原则：

以恢复方式参加关贸总协定，而非重新加入；以关税减让为承诺条件，而非承担具体进口义务；以发展中国家地位享受相应的待遇，并承担与我国经济和贸易发展水平相适应的义务。

申请书强调指出：

中国是一个发展中国家，中国政府期望得

到与其他发展中缔约国相同的待遇。

中国政府的这一步骤，引起关贸总协定各缔约国的高度重视和积极反响。接着，中国与关贸总协定成员国展开了马拉松式的谈判。

1994 年年底，在关贸中国工作组第十九次会议未能就中国复关问题达成协议后，中国代表团曾宣布不再主动要求举行多边和双边谈判。

此后，在各缔约方的多次要求下，中国代表团于 1995 年 5 月参加了当年的第一轮非正式磋商。尽管这一轮磋商进展有限，各缔约方仍普遍表示希望谈判能继续进行。

7 月 6 日，欧洲联盟副主席布里坦在布鲁塞尔会见了前来参加第二轮非正式磋商的中国代表团团长龙永图。他表示，欧盟将真诚地支持中国尽快加入世界贸易组织。

在接下来的两周磋商中，中国代表团将与各方就市场准入、服务贸易等问题分别举行双边谈判；此后还将举行为期一周的多边磋商并起草中国复关议定书。

7 月 26 日，龙永图在日内瓦拜会世界贸易组织副总干事、韩国前工商贸易部长官金喆寿。在谈话中，龙永图强调：新的世界贸易组织应增强发展中国家的作用，改变过去关贸总协定长期以来由个别主要缔约方说了算的局面。

龙永图说：

　　中国支持多边经济贸易体制，但这种体制应该基于建立新的国际经济秩序。中国愿意遵守国际经济贸易规则，但国际规则必须由所有缔约方不分大小，不论贫富公平参与，民主制定，必须平衡地反映经济发展水平不同的国家的利益。世界贸易组织应该认真听取发展中国家和其他中小缔约方的声音。

　　金喆寿表示希望中国尽快加入世界贸易组织。他认为中国的加入有助于加强发展中国家在世界贸易组织中的地位，改变世界贸易组织的现状。

　　金喆寿主管20多个申请方目前正在进行的加入世界贸易组织的谈判。他表示世界贸易组织秘书处将在这些谈判中发挥积极的作用。

　　中国复关非正式磋商的双边谈判已于7月24日结束，和大多数缔约方的磋商都取得了进展，同三分之一的缔约方已达成了协议。

　　当天，多边谈判在中国工作组主席吉拉德的主持下开始。

　　当时，一位熟悉谈判情况的中国官员透露：

　　由于前些日子中国与多数缔约方在双边磋商中达成了一些重要协议，会议本应取得较大的进展，但由于个别主要缔约方再次公开阻挠起草议定书文本，谈判进行得相当艰苦。

1995 年 11 月，中国复关谈判正式转为入世谈判。1996 年 2 月，中美双方举行第十次磋商，中方对美方提出的关于中国加入世界贸易组织的 28 项要求逐项作出反应。

这些要求是美方在 1995 年 11 月提出的所谓中国入世"路线图"。

1996 年 3 月，工作组召开第一次会议。在入世谈判中，中方坚持以下基本原则：

1. 坚持以发展中国家身份加入世界贸易组织。

2. 以乌拉圭回合协议为基础，承担与中国经济发展水平相适应的义务。

3. 坚持权利与义务相平衡的原则。中美双方此后的谈判不仅涉及货物贸易，而且包括知识产权、投资措施、市场准入等广泛的问题。

6 月 14 日，美方贸易谈判代表巴尔舍夫斯基访华，就中美知识产权问题与中国外经贸部副部长石广生举行正式磋商。

经过 5 天坦率并富有建设性的会谈，17 日，双方就中美知识产权问题达成一致。这是中美双边谈判中的一个重要进展。

在后来的1996年9月中旬和10月，中美分别在北京与华盛顿举行第十一轮和第十二轮磋商。

1996年底和1997年初，中国在北京先后与加拿大、日本、欧盟、美国举行双边磋商。其中，中欧为第七轮磋商，中美为第十三轮磋商。

龙永图率团赴日内瓦举行磋商

1996 年 3 月 20 日，中国加入世界贸易组织的非正式多边磋商开始在日内瓦举行。

龙永图率中国代表团赶赴日内瓦，与世贸组织的 20 多个成员国的代表团进行会谈。

这次磋商前，中国代表团向世界贸易组织提交了 4000 多种商品降低关税和 170 种商品取消进口许可证和配额的详细清单，同时还提交了关于产业政策、农业政策、商品检验体制的说明等文件。

中国代表团还提交了关于中国加入世界贸易组织之后，所有成员必须同中国互相给予无条件最惠国待遇和取消对华单边配额限制的书面要求。

在两天的非正式磋商之后，世界贸易组织中国工作组将于 3 月 22 日举行第一次正式会议，随后将开始双边磋商。

其实，中国入世谈判最大的对手是美国。在与墨西哥的谈判中，中墨双方用了不到半天的时间就签订了所有协议。在与其他 30 多个世界贸易组织成员国的谈判中，中方几乎没有遇到多大的难题。

在谈判过程中，中方代表深刻地认识到，中美谈判才是入世的重点。在关贸组织成员国中，有百分之八十以上的成员国将不与中国谈判，因为美国的观点就代表了他们的观点。在当时，与美国达成协议，中国入世便取得成功。

由此可见，从20世纪80年代开始，中国加入世界贸易组织经过的漫长的谈判，其中主要是和美国的谈判。

1986年1月，中国政府向来华访问的关贸总协定总干事表达了中国希望恢复关贸总协定席位的愿望。

当时，美国是经济最强大的国家，在国际关系和世界经济领域中有着举足轻重的地位。因此，在中国复关的道路上，美国也就自然而然地成了最主要的谈判对手。

1986年11月，中美两国在北京就复关问题进行了第一轮双边磋商。当时的中方首席代表是沈觉人，美方首席代表是美国助理贸易代表纽科克。

沈觉人在磋商中代表中国政府，表达了希望美方在中国复关问题上给予合作和谅解的愿望，并就中方的复关立场作了说明。

纽科克也代表美国政府，在磋商中提出了中国参加关贸总协定问题的5项基本要求，主要涉及的是中国贸易制度体制、贸易透明度、市场准入等方面的问题。

接下来，1987年2月27日至28日，1987年4月18日至25日，双方又分别在华盛顿和北京举行第二轮、第三轮磋商，并在若干问题上达成共识。

1988年12月12日至13日，中美双方在华盛顿举行了第四轮磋商。这一轮磋商的意义在于两国就双方的贸易往来问题提出了各自的议定书草案，使磋商进入了实质性阶段。

20世纪80年代，中美贸易额呈强劲攀升势头。

1978年，中国向美国出口的商品额度仅为3000万美元，进口额为8000万美元。10年之后的1987年，中国向美国出口的商品额度为3亿美元，进口额为4.8亿美元。这种飞速发展的势头令两国产业界和政府人士都深受鼓舞，特别是随着中国经济改革的进一步发展，双方的贸易前景极为广阔。

因此，尽快使中国进入关贸总协定，实现双方贸易自由化和正常化，成为两国各阶层人士的共同认识。

1996年2月，中美双方举行第十次磋商，中方对美方提出的关于中国加入世界贸易组织的28项要求逐项作出反应。这些要求是美方在1995年11月提出的所谓中国入世"路线图"。

1996年6月14日，美方贸易谈判代表巴尔舍夫斯基访华，就中美知识产权问题与中国外经贸部副部长石广生进行正式磋商。

经过5天坦率并富有建设性的会谈，17日，双方就中美知识产权问题达成一致。这是中美双边谈判中的一个重要进展，有力地推动了入世谈判的进展。

8月9日，外经贸部新闻发言人胡兆庆在新闻发布会上透露，世界贸易组织中国工作组第二次正式会议将于10月底举行，届时，有关各方将就中国加入世界贸易组织问题继续进行谈判。

胡兆庆强调：

中国作为世界上最大的发展中国家，在世界经济贸易中具有重要作用，没有中国的加入，世界贸易组织将是不完整的。

江泽民与克林顿会谈

1997 年 10 月 28 日，应美利坚合众国总统克林顿的邀请，中华人民共和国主席江泽民偕夫人王冶坪于当天 16 时，乘专机抵达美国首都华盛顿访问。

这是 12 年来中国国家元首首次对美国进行国事访问，是中美关系史上的重大事件。

金秋的华盛顿，和风送爽。江泽民乘坐专机抵达安德鲁斯空军基地机场时，受到戈尔副总统和夫人、美国驻华大使尚慕杰和夫人的热烈欢迎。

机场飘扬着中美两国国旗。江泽民身着深灰色西装，神采奕奕，情绪饱满地走下舷梯。他微笑着向前来欢迎的人们频频招手致意。

江泽民走下飞机，同早已迎候在舷梯旁的美国副总统戈尔热烈握手，互致问候。戈尔副总统表示，热烈欢迎江泽民来美国访问。克林顿总统正期待着与江泽民主席就共同关心的问题深入地交换意见。

江泽民感谢克林顿总统的邀请。他希望通过这次访问能进一步增进两国领导人之间的相互信任，促进两国人民之间的相互了解。

中国驻美使馆、常驻机构及华侨华人、留学生代表约 300 人，举着"热烈欢迎江泽民主席访问美国"的横

幅在机场迎接。使馆两位青年向江泽民和夫人献花。

随同江泽民访问的国务院副总理兼外交部部长钱其琛和夫人周寒琼、特别助理曾庆红、国务院外办主任刘华秋、国家计划委员会副主任曾培炎、特别助理滕文生、中国驻美国大使李道豫和夫人叶兆烈、外交部副部长李肇星、外经贸部副部长孙振宇、外交部部长助理杨洁篪、特别助理由喜贵等同机抵达。

10月29日上午，美国总统克林顿在白宫南草坪，为中国国家主席江泽民访美举行隆重的欢迎仪式。

当天，华盛顿天气晴朗，通往白宫的大道两旁飘扬着中美两国国旗。美国东部时间10时10分，江泽民和夫人王冶坪、克林顿和夫人希拉里出现在白宫南草坪上，他们热烈握手，互致问候。

站在南草坪上的3000多名美国各界人士鼓掌或挥动中美两国国旗，热烈欢迎江泽民。江泽民和克林顿总统登上检阅台，乐队奏中美两国国歌，鸣礼炮21响。

江泽民在克林顿总统陪同下检阅仪仗队。克林顿总统在欢迎仪式上致辞。他说：

江泽民主席的来访是在新世纪来临前夕给我们带来了机遇和责任。让我们加强彼此之间的纽带，寻求共同的目标，同时坦诚地、相互尊重地处理存在的分歧。让我们为子孙后代共同建设一个更加美好的世界。

克林顿说：

　　我们钦佩中国在这么短的时间里所取得的
成就。中国人民现在生活得比历史上任何时期
都好。中国在国际社会中正在起着更加重要的
作用，几百个国际组织从中国的参加中获益。

他赞扬在美国学习的中国学生也使美国的青年人获
得教益。

　　克林顿总统说，美中两国面临的挑战是要在现有的
基础上前进，这有利于中国、美国和整个世界。我们必
须共同努力使我们之间的障碍越来越少。我们共同努力
就能够为一个更加安全、更加美好的世界打下基础，使
世界更加和平和繁荣。

　　江泽民强调说：

　　中美两国都是世界上具有重要影响的国家。
在新的国际形势下，中美之间的共同利益，不
是在减少，而是在增加；合作潜力，不是在缩
小，而是在扩大。在事关全人类生存与发展的
重大问题上，两国有着广泛的共同利益，肩负
着共同的责任。世界各国人民和有识之士，都
在关注着中美关系发展的进程。我们要站在历

史的高度，用战略的眼光，审视和处理两国关系。在过去的四分之一世纪里，中美双方制定的三个联合公报，使我们得以扩大众多领域的交流与合作，妥善地处理两国之间的分歧。我相信，只要继续恪守三个联合公报确立的原则，中美关系就会稳定、健康地向前发展。

江泽民希望中美两国关系的发展，能够对世界上不同历史文化、不同社会制度、不同发展水平的国家的相互尊重、和平共处、共同发展，起到积极的推动作用。

当天，江泽民与美国总统克林顿在白宫举行会谈。会谈结束后发表的《中美联合声明》说：

中美两国认为，中国全面参加多边贸易体制符合双方的利益。为了实现这一目标，双方同意加紧关于市场准入，包括关税、非关税措施，服务业标准，农业等问题和履行世界贸易组织原则的谈判，以便中国可以在商业上有意义的基础上尽可能早日加入世界贸易组织。

《中美联合声明》确定了中美关系未来发展的目标，这就是，为了促进世界和平与发展的崇高事业，中美应该加强合作，努力建立面向 21 世纪的建设性的战略伙伴关系。

吴仪会晤巴尔舍夫斯基

1997 年 11 月 24 日，在加拿大温哥华参加亚太经合组织非正式首脑会议期间，中国外经贸部部长吴仪与美国贸易代表巴尔舍夫斯基就中国加入世界贸易组织问题举行会晤。

在会谈中，吴仪说：

> 江泽民主席访问美国期间，中美两国领导人在联合声明中表示，希望中国尽快加入世界贸易组织；当时克林顿总统承诺，美国将尽一切可能使中国尽早加入世界贸易组织。

吴仪希望通过这次会晤，美国能够把两国领导人关于尽一切可能使中国尽早加入世界贸易组织的愿望变成现实。

巴尔舍夫斯基说：

> 江泽民主席访问美国期间，中美两国领导人在贸易问题上取得了进展。美国愿意与中国共同努力，以加快中国加入世界贸易组织的进程。

可是，巴尔舍夫斯基并没有降低中国加入世界贸易组织的要价。

在一个多小时的会晤中，吴仪与巴尔舍夫斯基就包括关税、非关税、信息技术产品、服务贸易等问题在内的中美市场准入一揽子协议的框架进行了详细的讨论。

最后，巴尔舍夫斯基表示，中国最近提出的关于中国市场准入的一揽子建议，为双方结束中美市场准入问题的谈判奠定了基础，但什么时候才能结束这一马拉松式的谈判，还要看中国在未来日内瓦中国工作组谈判中的"表现"。

吴仪在谈判中表现出的理智与果断，让对方深感敬佩。当时，外电称吴仪为"中国铁娘子"。在谈判桌上，吴仪给外界留下了坚韧、果敢，而又不失机敏、开放的形象。她行事刚柔相济、明快干练，是共和国历史上第三位女性副总理。

早在1992年中美双方的知识产权谈判，全世界人民就领略了吴仪"铁嘴"的风采。刚一落座，美国人想给吴仪来个下马威，开场白便显现出来者不善："我们是在和小偷谈判。"

面对对方的无理，吴仪毫不留情地顶了回去：

我们是在和强盗谈判，请看你们博物馆里的展品，有多少是从中国抢来的。

针锋相对的回答令对方愣了一下，同时对手马上清楚地意识到：这个女人不简单。在整个谈判过程中，吴仪既要维护国家利益，向美国人讨价还价；又要做出一定的让步，并且还要让这让步能够被国内接受。

　　当时，吴仪坚强的个性和机敏的应对令对手对她刮目相看。几个回合较量下来，让她的对手美国贸易代表、被称为国际贸易谈判圈中"铁女人"的卡拉·希尔斯由衷地称赞吴仪：

　　　　既是国家利益坚定的维护者，又是坚韧的
　　谈判者。

　　1992年1月17日下午，长达两年半的中美知识产权谈判终于有了结果，两个出色的女人分别代表自己的国家在一份文件上签上了自己的名字。当天，香港股票市场恒生指数上涨28.98点。

　　吴仪说：

　　　　我一出国，爱国主义感情就尤为强烈，祖
　　国在我心中特别神圣。我忠于我的祖国。

　　从外经贸部部长到国务委员，吴仪多次出访，频频参加国际性谈判，为把中国商品打进世界市场，为吸引外资进入中国市场，不辞劳苦、呕心沥血。

在 1997 年年末，中国已经与 35 个世界贸易组织的成员举行了双边市场准入协议的谈判，与其中 20 多个国家的谈判进入了尾声，与其中 10 多个国家的谈判已经结束，与其中 9 个国家签署了协议，还与其他一些国家进行了技术核对。

中国与包括美国在内的其他世界贸易组织成员的谈判主要集中在关税、服务贸易和农产品关税配额这几个市场准入问题上。由于美国等发达国家漫天要价，从而使得谈判进展缓慢。

中国代表深知，中美谈判之路还十分漫长。

江泽民阐述中方原则

1998 年 6 月 26 日晚上，应江泽民的邀请，前来中国进行国事访问的美国总统克林顿乘总统专机抵达首都北京。

傍晚的北京，袭人的热浪已渐渐散去，丝丝凉风扑面而来。20 时 20 分，克林顿乘坐的专机降落在首都机场南停机坪。

前来迎接的国家副主席胡锦涛和夫人刘永清，在舷梯旁与克林顿总统和夫人希拉里亲切握手致意。克林顿和夫人还同前来迎接的中国驻美大使李肇星和夫人、外交部副部长杨洁篪等一一握手。两位女青年向克林顿夫妇献了鲜花。

随后，克林顿总统和夫人在李肇星大使和夫人的陪同下，乘车离开机场前往钓鱼台国宾馆下榻。

6 月 27 日上午，江泽民和克林顿在人民大会堂进行会谈。双方就中美关系和重大的国际和地区问题深入地交换意见，达成广泛而重要的共识。会谈是积极的、建设性的和富有成果的。

江泽民首先对克林顿总统在世纪之交的重要时刻对中国进行国事访问表示热烈欢迎。江泽民说：

中美元首实现互访，代表了两国人民的共同愿望，标志着两国关系进入一个新的发展阶段。事实表明，中美关系的改善与发展是历史的必然，是任何力量都阻挡不了的。

克林顿说：

这是我首次对中国进行国事访问，也是美国总统9年来第一次访华。这次访问是在你对美国进行非常成功的访问8个月后进行的。这表明我们两国在致力于建立建设性战略伙伴关系方面取得的进展，也表明美国绝大多数人都欢迎中美关系的改善和发展。

克林顿希望他同江泽民坦诚的交谈，不仅有助于扩大双方合作的领域，缩小分歧，而且有助于让美国人民更好地了解中国，让中国人民更好地了解美国，从而进一步发展中美两国的友好伙伴关系。

江泽民指出：

在新的历史条件下，中美两国在事关世界和亚太地区和平与发展的重大问题上，具有广泛的共同利益，肩负着不可推卸的共同责任。我们作为世界上有重要影响的两个大国，作为联合国安理会常任理事国，都希望看到世界保持和平与安全，在解决热点问题方面都做出了自己的努力……中美分别作为世界上最大的发展中国家和发达国家，积极开展了双边经贸合作，共同致力于促进世界金融的稳定和经济的发展。我们在保护环境、打击国际犯罪以及毒品走私和国际恐怖主义活动等方面的合作不断加强。

在克林顿访华之前，江泽民在中南海接受了美国《新闻周刊》特约编辑兼《华盛顿邮报》专栏作家韦茅斯的采访。在谈到中国加入世界贸易组织问题时，江泽民说：

这个问题我在 1993 年第一次同克林顿总统会面时就谈到过，今天想阐明这几点：

第一，世界贸易组织是一个国际性组织，如果没有中国这样最大的发展中国家参加是不完整的。

第二，中国要参加，毫无疑问是作为一个发展中国家参加。

第三，中国的参加是以权利和义务的平衡为原则的。我们在市场准入等问题上准备做出更大努力。但是，无论中国加入世界贸易组织谈判的结果如何，我们的改革开放都将继续下去，我们同世界各国发展经贸关系的决心和诚意不会改变。

江泽民最后意味深长地说：

对这个问题，我想借用宋朝大诗人辛弃疾的两句诗，那就是"青山遮不住，毕竟东流去"。

6月30日，克林顿在参加与上海市民的座谈时公开表示，他与江主席就美中关系和共同关心的重大国际问题广泛深入地交换了意见，增进了相互了解。

克林顿总统访华对中美关系的发展无疑起了重要的推动作用，但他却不肯在中国加入世界贸易组织问题上对中方作出承诺，却一再要求中方向美国开放市场，特别是金融保险业市场。

朱镕基会见格林斯潘

1998 年底和1999 年初，中美双方都在准备朱镕基总理访美。起先，双方都希望在朱镕基访美期间就中国入世达成协议，因此在 1999 年初，中美双方举行密集谈判，并取得了一些进展。

1 月初，北京的天气十分寒冷。1 月 12 日下午，国务院总理朱镕基在中南海会见美国联邦储备体系理事会主席艾伦·格林斯潘一行。

中国人民银行行长戴相龙和外交部副部长杨洁篪等参加了这次会见。

在会谈中，朱镕基向格林斯潘介绍去年中国经济的发展情况。他说：

> 一九九八年东亚金融危机继续蔓延，世界金融市场产生动荡，加上特大洪涝灾害等对中国的经济建设产生了不利的影响。对此，中国政府采取了积极的财政政策和适当的货币政策，保持人民币汇率稳定，并通过刺激内需等措施促进了经济发展。

格林斯潘对中国经济发展取得的成就表示钦佩，对中国保持人民币汇率稳定对亚洲乃至世界经济发展做出的贡献给予高度评价。

格林斯潘还向朱镕基介绍了美国经济金融发展情况，并提出中美两国应该加强在金融领域的合作。

从朱镕基的口中，格林斯潘听到一个颇令他吃惊的消息：中国决定开放市场，包括电信、银行、保险和农业，以加入世界贸易组织。

《纽约时报》在透露这一消息时分析说，中国当然知道格林斯潘并不主管贸易，但朱镕基需要通过他将此意向透露给恰当的人。

1月27日，中国人民银行行长戴相龙宣布，年内中国政府将取消外资银行在中国设立营业性分支机构的地域限制，从现在的上海、北京、天津、深圳等23个城市和海南省扩大到所有中心城市，试点经营人民币业务。这显然是一个重要的信号。

两天以后，中国国务院新闻办公室在北京举行中外记者招待会，邀请外经贸部新闻发言人胡楚生等人介绍中国外经贸现状、形势、政策，并回答记者提问。

关于外经贸体制改革，胡楚生介绍说，1998年我们对国家重点联系的千户国有企业实行了进出口经营权登记备案制，并从1999年1月起将这一制度扩大到全国6800多家大型工业企业；首批20家私营生产企业经批准已获进出口权；放宽了省市外贸企业在上海浦东新区设立子公司的审批条件。

在出口商品管理体制上，中方将取消24种商品的出口配额许可证管理，取消了茶叶和"两纱两布"出口的统一经营限制，对人参等27种招标商品实行总量放开下的有条件使用，并将1998年度中美、中欧等纺织品被动配额可分量的15%直接分配给有关自营出口纺织工业企业，1999年度又扩至20%。

有关中国加入世界贸易组织问题，胡楚生说：

> 13年来，中国政府对这一问题的立场不变，热情未减，希望在今后的谈判中，有关方面能充分考虑到中国作为发展中国家的实际承受能力，不要漫天要价，使中国早日成为世界贸易组织成员。

与此同时，美国在中国加入世界贸易组织问题上的态度也趋于务实。

朱镕基说中国准备让步

1998 年 12 月，美国贸易代表通知美国国际贸易委员会，要求其研究中国加入世界贸易组织对中国和美国的影响，并要求在 1999 年 6 月提交报告。

这表明，美国开始认真对待中国加入世界贸易组织的要求了。

1999 年 1 月底，美国贸易代表巴尔舍夫斯基在亚洲协会发表演讲称，今年是中国入世的最后时机，如果今年内不解决这个问题，那么今年下半年开始的新一轮贸易规则谈判将提高世界贸易组织"门槛"，中国加入世界贸易组织的难度将加大。

巴尔舍夫斯基呼吁中国珍惜这个机会。她同时表示，通过这么多年的谈判，美国已经认识到中国作为"发展中国家"加入世界贸易组织的重要性。这是多年来第一次从美国政府官员口中听到这样的评论。

不久，巴尔舍夫斯基又在国会上作证说，中国加入世界贸易组织谈判加快主要有三个原因：

第一，中国担心如果不加入世界贸易组织，外国投资将减缓；

第二，中国加入世界贸易组织有助于中国

内部的改革；

第三，中国不想在今年年底开始的新一轮世界贸易组织多边谈判中被排斥在外。

其实，巴尔舍夫斯基只说对了一半。美国政府对中国加入世界贸易组织的问题趋于务实也是非常重要的原因。当时，美国白宫国家安全委员会亚洲事务高级主任李侃如坦言：

美国政府越来越意识到，应该让美国人民了解中国加入世界贸易组织的重要性，否则会带来政治上的后果。

中美关于中国加入世界贸易组织问题的谈判主要集中在两个问题上：一是如何对待中国一再坚持的"发展中国家地位"；二是中国产业开放时间表。

对于第一个问题，经过长时间的谈判，美方终于承认中国是一个"发展中国家"。但美方同时认为中国是一个"特殊的发展中国家"，要求中国以"特殊的发展中国家"的身份加入世界贸易组织。

对于第二个问题，美国官员李侃如说，从人均国民生产总值来看，中国显然属于发展中国家，但中国又有很好的出口机制，在这一领域并不完全符合发展中国家的条件，因此与中方的协议将是逐条逐项进行考虑。

鉴于美方态度趋于务实，中方也准备在美方特别关心的市场准入问题上做出让步。

中国承诺，到 2000 年把关税降到发展中国家平均水平的 15%，并且有可能再进一步降低 10%。到 2005 年，中国将取消仍在执行的对 300 种外国进口商品许可证或配额制度。中国的服务贸易近期开放也将有新的举措出台。外贸、零售、旅行社、航空运输、会计师事务所、评估机构、商检、质检等行业中外合资的试点的范围扩大，数量增加。

由于双方都持积极态度，中美关于中国加入世界贸易组织谈判的速度明显加快。美国有关官员频频来到北京，美国财政部副部长萨默斯于 1999 年 2 月 23 日访问北京。萨默斯刚走，美国国务卿奥尔布赖特又在 2 月 28 日访华。

奥尔布赖特前脚刚离开中国，美国贸易代表巴尔舍夫斯基后脚就在 3 月 3 日赶到了北京。

1999 年，是 20 世纪的最后一年，同时也被许多人认为是中国加入世界贸易组织的关键性一年。

当时，中国在市场准入方面作出进一步承诺。但美国共和党控制的国会对中美关系的改善强烈反弹，在一系列问题上攻击克林顿政府，竭力恶化中美关系的气氛。

在国内的政治压力下，克林顿总统在是否实行"一揽子方案"问题上又犹豫起来。

3 月 3 日，巴尔舍夫斯基为磋商中国入世问题匆忙访华，并受到朱镕基的接见。

当天，朱镕基在中南海紫光阁会见巴尔舍夫斯基一行。双方就中美关系和中国加入世界贸易组织等问题交换意见。

在会谈中，中方提出一揽子让步方案，主要内容有：废除禁止外资参与通信事业的措施；进一步开放金融市场；放宽对柑橘类和小麦等农产品进口的限制。中方希望在这个一揽子方案基础上达成协议，并强调，为了达成协议，双方都应该做出妥协。

但巴尔舍夫斯基在会晤后发表声明说，两国谈判虽有重要进展，但双方还存在很大分歧。她访华所传达的信息实际是，在朱镕基访美期间中美两国能否达成协议尚难断定。

之所以出现这种情况，一个重要原因是美国政府内部，甚至美国贸易官员之间对于是否可以与中国达成"商业上可行的"协议意见存在分歧。

巴尔舍夫斯基知道，商界强烈支持与中国达成一个有实质内容的协议，但美国国会不支持，因此她的态度也犹豫不定。

美国国家安全委员会支持与中国达成协定，其中多半的原因是希望保持中美关系的发展势头。美国商务部是支持的，但美国财政部是犹豫的。美国国务院也是支持的，但对于中国的人权状况则关注更多。在朱镕基访美前夕，这种政府内部的辩论变得相当激烈。

3月12日，外经贸部部长石广生在九届人大二次会议的记者招待会上透露说，2000年世界贸易组织新一轮的谈判就要开始，这对中国加入世界贸易组织是一个重大的机遇。

3月14日，朱镕基在回答记者提问时说："中国进行恢复关贸总协定的地位和进入世界贸易组织，已经谈判了13年，黑头发都谈成了白头发了，该结束这个谈判了。"

朱镕基强调说：

> 现在存在这种机遇。第一，是加入了世界贸易组织的国家知道没有中国的参加，世界贸易组织就没有代表性，就是忽视了中国这个潜在的最大市场。第二，是中国改革开放的深入和积累的经验，使我们对加入世界贸易组织的条件所可能带来的一些问题提高了监管能力和承受能力。因此，中国也准备做出最大让步。

中方的态度引起美方极大的兴趣，似乎中美谈判的春天即将来临。

三、 打破僵局

- 朱镕基在午宴上高兴地宣布，中美之间已就农业合作问题达成协议。

朱镕基推动谈判进展

1999 年 4 月 6 日，朱镕基乘专机抵达美国西海岸的最大城市洛杉矶，开始对美国进行正式访问。

上午 9 时，朱镕基一行乘坐的专机平稳降落在洛杉矶国际机场。中国驻美国大使李肇星和洛杉矶市市长雷登登上飞机迎接朱镕基和夫人劳安。

美国驻华大使尚慕杰夫妇、雷登市长夫人、助理国务卿帮办谢淑丽、美中关系全国委员会理事会副主席阿曼森夫人以及李肇星大使夫人、中国驻洛杉矶总领事安文彬和夫人等在机场迎接。

接着，机场上举行了热烈的欢迎仪式。两名美国儿童和中国驻洛杉矶总领事馆两名青年向朱镕基和夫人献上鲜花。

中午，洛杉矶市市长雷登举行宴会欢迎朱镕基一行，气氛十分和谐与活跃。

访美的第一天，朱镕基就谈到与加入世界贸易组织有关的问题。他在午宴上高兴地宣布，中美之间已就农业合作问题达成协议。

中国外经贸部部长石广生发表谈话说，这是中美两国就世界贸易组织问题达成的第一个协议。双方对此都极为重视。

1999 年 4 月中美达成的《中美农业合作协议》的主要内容包括三方面：第一，关于中美农业科技交流与合作。第二，具体的合作项目，共有 10 余项；第三，解决了矮星黑穗病小麦、柑橘和肉类的动植物检疫问题。具体包括：我国同意解除美国西北七州小麦输华的禁令，双方确定了小麦矮腥黑穗病（TCK）允许量的标准；我国同意解除对美国加利福尼亚州等四州柑橘输华的禁令，同时美方承诺加快批准进口我国的园艺产品；我国同意美国农业部批准的工厂向我国出口肉类，同时中方保留对美工厂抽查的权利。

尽管农业合作协议本身不是中美之间关于中国加入世界贸易组织双边减让协议的一部分，但中美农业合作协议的签署有助于中美关于中国加入世界贸易组织双边协议的达成。

朱镕基说：

> 你们加州（加利福尼亚州）的联邦参议员范恩斯克太太每次访问中国时都要谈到加州柑橘向中国出口的问题。谢天谢地，从今以后不用再谈了。

当时，由于从美国进口的柑橘和小麦中分别检验出了地中海果蝇和黑穗病菌，中国停止了从美国一些州进口柑橘和小麦。

根据这次达成的农业合作协议，中国将取消从美国 7 个州进口小麦和从包括加利福尼亚州在内的 4 个州进口柑橘的限制。

朱镕基选择农业出口大州加利福尼亚的洛杉矶来宣布达成农业合作协议，立即赢得了当地人的好感。

为了推动加入世界贸易组织的进程，中国方面的确做出了最大的让步。

朱镕基出访美国之前一周，在北京参加谈判的美方首席代表罗伯特·卡西迪曾在发回华盛顿的秘密报告中说："在过去的几天里取得的进展，比过去几年都多"。

然而，尽管中国已经做出很多让步，美国对此也是喜出望外，但美方同时又认为中国急于要达成协议，还会继续让步，于是决定把谈判继续拖下去，进一步提高要价。

就这样，巴尔舍夫斯基在接到卡西迪的报告后来到北京，告诉卡西迪说："谈判中的主要障碍还没有排除，最终结果要看中方还能做多少让步。美国没有为谈判设下任何时间表。"

中美在华盛顿举行谈判

1999 年 4 月 6 日，朱镕基如期开始对美国进行访问，这是 15 年来中国总理首次访美。

朱镕基抵达洛杉矶时说，中国已经给美国很好的出价，但现在还不能透露，"如果让巴尔舍夫斯基知道了，她又要提出新的要求了"。

4 月 7 日下午，朱镕基抵达美国首都华盛顿。朱镕基住进布莱尔国宾馆后，克林顿总统临时邀请他晚间到白宫进行家常式的小范围的非正式会晤，为次日的正式会晤提前进行沟通。

双方谈了两个半小时，直到深夜 23 时 30 分才结束。克林顿告诉朱镕基，目前美国国会反对中国加入世界贸易组织的声浪很大，除非取得可以抵挡国会议员炮火的"防弹"协议，否则双方最好的做法是"求同存异"。

克林顿还说，如果国会否决中美之间的协议，不批准给予中国永久正常贸易待遇，那就将是灾难性的。

克林顿还表示，美中双边关系中有许多问题有待解决，建议双方在次日的高峰会谈中至少解决一些市场开放议题，特别是签署农产品检疫标准的协议，并以联合声明的方式锁定双方已经达成共识的内容，作为峰会的主要成果。

朱镕基表示同意这一建议。随后，白宫立即拿出已经准备好的"联合声明"草稿，双方逐字逐句进行推敲，直至深夜。

就在当天，克林顿总统在华盛顿和平研究所外交政策演讲会上阐述对华政策。他说：

我们的长期战略必须是鼓励中国进行这类发展，帮助中国国内发展成一个强大、繁荣和开放的社会……将中国融入有利于促进关于武器扩散、贸易、环境和人权准则的全球机制中。我们必须创造机会，求同存异，与中国合作，一如我们坚决保护自己的利益。

讲到中国参加世界贸易组织问题时，他说："底线是：如果中国遵守全球贸易规则，美国若对它说'不'，将是莫名其妙的错误。"

朱镕基访美期间，中美两国将中国入世的谈判地点由北京移到华盛顿，中国谈判代表龙永图等也先期赴美。

龙永图在与美方进行紧张的谈判后说：

中国已经做出了最大的让步，如果美国再不满意，美国会后悔很多年。

龙永图自称是比较心平气和的一个人，在谈判中很少露出不冷静。在他的记忆中，只有一件事情令他怒不可遏。

那是他在办公室里与美国人谈肉类进口问题时，美国人傲慢地说，美国的肉很好，不用你们检疫，你们中国的肉在我们美国只能做狗食。

当时，龙永图觉得受到莫大的侮辱，立即拍案而起：

请你出去，我需要冷静一下。你必须道歉，否则我们没法谈下去。

龙永图的这句话顿时将美方代表镇住了，对方只好悻悻而去。

面对中国的一再让步，或者说是"最大的让步"，白宫内部对于是否在朱镕基访问美国期间与中方达成协议问题上产生过分歧。

当时，据《华尔街日报》报道，早在朱镕基来访前，白宫就召开过多次内阁会议商议对策。巴尔舍夫斯基、国务卿奥尔布赖特、总统国家安全顾问伯杰和中央情报局负责人分别从不同的考虑出发，支持与中国达成协议。

他们认为中国在市场准入和降低关税等方面已经做出了很多让步，远远超过了其他国家，例如允许外资在电信业持股达49%，比美方提出的条件还要好。

另外，从支持朱镕基的改革方面来讲，美方认为应该让他带着这项成果回去。白宫的智囊团中也有很多人认为中国在谈判中的让步是史无前例的，应该见好就收。

但是，财政部长鲁宾、白宫办公厅主任波德斯塔、商务部长戴利和总统首席经济顾问斯珀林等人不同意与中国达成协议，认为应该再拖一拖，迫使中国做出更大的让步。

他们表示"在仍有可能让中国进一步做出让步时就达成协议是错误的，政府将会受到批评，说它为了使双方领导人对外有所宣布而屈服了。我们需要达成一项强硬的协议，以最大限度地增加协议在国会获得通过的可能性"。

克林顿显然接受了包括鲁宾在内的强硬派的建议，决定不与朱镕基达成协议。

这样，在朱镕基抵达美国之后，尽管中国官员在谈判中还在让步，但克林顿仍然坚持要求美方谈判代表在协议中增加一个超出世界贸易组织范围的额外条件：保护美国纺织工业的条款，以讨好参议院外交委员会主席、北卡罗来纳州共和党参议员赫尔姆斯和另一个共和党参议员郝林斯。

克林顿自然清楚，朱镕基是不可能答应他这个额外条件的。

中美发表联合声明

1999 年 4 月 8 日上午，朱镕基与克林顿在白宫进行会谈。

会谈结束后，两国领导人举行联合记者招待会。在谈到中国加入世界贸易组织问题时，克林顿说：

> 尽管还没有完全达成协议，但双方在这个问题上已经取得了巨大进展。双方将就中国加入世界贸易组织问题取得显著进展发表联合声明。

他还说，中国加入世界贸易组织将给美国在中国市场提供更多竞争机会，中国加入世界贸易组织符合美国利益。

朱镕基指出："双方在世界贸易组织问题上已经清除了主要障碍，现在剩下的问题实际上是来自美国国会的政治干扰。"

朱镕基说：

> 我们的差距已经很小很小了，在我看来已经不算什么了。当然，克林顿总统可能不同意我的看法，所以，我们现在只能签一个联合声明，而不能最终签署协定。

打破僵局

071

朱镕基接着说:

如果要我说老实话，现在的问题不在于差距有多大，而在于目前的政治气氛。

朱镕基强调说:

克林顿总统认为，中国加入世界贸易组织符合美国人民的利益，我也应该说，中国加入世界贸易组织也是符合中国人民的利益的。我完全有把握说，由于中国改革开放所取得的成绩，我们可以经受住各种变化，通过竞争使中国的国民经济以更快的速度、更好的效益继续发展。

就在两位领导人刚刚宣布，中美将就中国入世谈判所取得的显著进展发表联合声明时，美国贸易代表办公室为了把已经达成的内容确定下来，在会场外向无法参加记者招待会的人们散发了一份"中美联合声明"，以及长达17页的附件，接着又在网上加以公布。

美方这一单方面的行动引起中方强烈不满。陪同朱镕基访美的外交部发言人朱邦造在记者招待会上说，谈判正在进行之中，能否发表联合声明，要看讨论的结果如何。

国务委员吴仪也就联合声明问题与美国国家安全委员会负责亚太事务的资深主任李侃如进行了争论。

当晚，克林顿在白宫举行盛大晚宴，热烈欢迎朱镕基对美国进行正式访问。美国政要和各界知名人士以及朱镕基的陪同人员共 200 多人出席这次宴会。

4 月 9 日早上，朱镕基在下榻的国宾馆与近 20 位美国参、众议员共进早餐。双方就共同关心的问题友好、坦诚地交换了意见。

当天上午，朱镕基和美国副总统戈尔在华盛顿共同主持中美环境与发展讨论会第二次会议。第一次会议是 1997 年 3 月戈尔访华时在北京举行的。

在这次会议上，两位领导人在开幕式的讲话中表示要进一步加强双方在环保方面的合作，为两国的发展创造更为良好的条件。

朱镕基和戈尔副总统还出席了美国 10 多家主要能源环保公司负责人举行的能源环保圆桌会议。

当天中午，戈尔为朱镕基访美举行午宴。两位领导人还出席了中美两个环境意向性合作文件的签字仪式。

下午，朱镕基会见美国财政部长鲁宾和美联储主席格林斯潘，并接受美国公共电视台的采访。

当晚，朱镕基应邀出席由美中关系全国委员会、美中协会等 7 个团体联合举行的欢迎晚宴。

在宴会上，朱镕基在讲话中对美方在谈判中的态度表示强烈不满，认为美国对中国要价过高，而且对中国缺乏信任，不愿意平等地对待中国，克林顿总统缺乏支持中国加入世界贸易组织的勇气。

4月9日，中美进行通宵达旦的谈判，直到美国东部时间4月10日早晨。在中国代表团离开华盛顿前的最后一刻，中国加入世界贸易组织谈判一揽子协议的重要组成部分《中美农业合作协议》正式签署生效。

在签订协议后，朱镕基和克林顿为此发表联合声明。联合声明指出：

值此中美农业合作协议签署之际，朱镕基总理和克林顿总统重申，中华人民共和国与美国已经大大推进了中国加入世界贸易组织的共同目标。上述协议及在广泛的市场准入和议定书问题上所取得的重要共识进一步推动了这一目标的实现。朱镕基总理和克林顿总统欢迎这一重大进展。美国坚定地支持中华人民共和国于1999年加入世界贸易组织。为此，朱镕基总理和克林顿总统指示各自的贸易部长，继续进行双边谈判，以便满意地解决余留的重要问题，并尽快在强有力的商业条件下达成协议。

这表明中国加入世界贸易组织的谈判已经进入最后阶段。中美就中国加入世界贸易组织的谈判一波三折，历经艰辛，现在终于达成第一个协议，确实来之不易。

朱镕基与克林顿通电话

1999 年 4 月 10 日，在朱镕基结束对华盛顿的访问临上飞机前，双方达成了新的联合声明，它与美国单方面公布的"联合声明"有很大改动，篇幅缩短了，关于开放市场的议题达成协议的内容取消了，3 个附件也被取消了，但加上了美国支持中国入世的承诺。

当天上午，朱镕基一行离开华盛顿继续在美国的访问。当天抵达丹佛，11 日中午抵达芝加哥，12 日晚抵达纽约。

由于 8 日美方单方面公布了"联合声明"和附件，中美谈判的具体情况在美国变得广为人知。克林顿原来因为惧怕国会的反对才没有下决心与中国达成协议。但在 4 月 13 日参议院财政委员会的听证会上，委员会成员几乎一致向巴尔舍夫斯基抱怨，克林顿政府没有趁朱镕基在华盛顿时与中国达成协议是坐失良机。

美方担心，中国会收回已经作出的承诺。美国共和党参议员穆考斯基指责克林顿不签订协议是"政治上的胆怯行为"。他说："我认为，一项好的经济协议可能成为政治的牺牲品。不管是因为愚蠢和无能，还是因为权术。"

参议员查菲说："你们看到各种有关中国领导人在首脑会谈后气愤的讲话，那可不是好消息。他们肯定已经做出了很大的让步。"

巴尔舍夫斯基表示，将立即与中国重开谈判，她确信最后能与中国达成一项好的协议。

美国媒体也普遍批评克林顿总统缺乏政治勇气，临事而惧。《纽约时报》引用一位贸易官员的话说："我从来没有见过总统这样后退过。我们到现在还困惑不解。"文章还指出，当白宫在激烈辩论要不要与中国达成协议时，克林顿却忙于别的事情。有的文章还批评财政部长鲁宾的"出人意料的保护主义立场"。

美国商界对克林顿政府的批评更是直言不讳。一些大公司总裁和商界代表人物对克林顿临阵退缩表示遗憾，他们互相串联，频繁活动，纷纷打电话、发电子邮件给白宫，向政府施加压力。

一些大出口商还在《华盛顿邮报》做整版的广告，要求政府在朱镕基访美期间结束与中国的谈判。美国国际集团董事会主席格林伯格向鲁宾抱怨说："美国误了班车"。

4月12日，白宫与20多位对华业务较多的大公司代表进行会晤。会上气氛紧张，几近吵架，有的与会者形容"像着了火似的"。

克林顿在白宫没有与朱镕基就中国加入世界贸易组织谈判达成协议，原以为会得到国会的表扬，但出乎他预料的是却遭到了国会的批评。

克林顿开始不安起来，担心中国可能收回以前做出的让步。于是在巴尔舍夫斯基和伯杰的建议下，克林顿决定打电话给正在纽约访问的朱镕基，从而采取补救措施。

4 月 13 日下午，克林顿突然给朱镕基在纽约沃道夫酒店的套房里打电话，两位领导人交谈了 20 多分钟。朱镕基对克林顿说："我本周与许多美国人举行了会谈，他们都支持中国加入世界贸易组织。"

克林顿说："我有同样的感受，因此我们应该详尽地商议一下。"

克林顿接着建议在本月底之前重新开始谈判，并表示将派美国贸易副代表卡西迪前往北京参加谈判。朱镕基表示同意。

当天晚上，中美发表联合声明，宣布 4 月底之前在北京继续举行紧张的谈判，以解决关于中国加入世界贸易组织会谈中的余留问题。声明中说：

> 朱镕基总理与克林顿总统两人在交谈中一致认为，中美双方在谋求解决它们在中国加入世界贸易组织谈判中出现的尚未解决的问题，应该加大谈判力度。他们已经同意 4 月底在北京继续进行谈判。

克林顿和朱镕基于 4 月 13 日下午的电话交谈及随后的联合声明是一个重要标志，说明此次朱镕基总理的美国之行，在艰难的形势下最终取得了巨大的成功。

本来前景仍相当晦暗的中国加入世界贸易组织一事，至此已形势明朗，胜利在握。

朱镕基阐述中方立场

1999 年 4 月 13 日，朱镕基在由纽约经济俱乐部主办的 1500 人晚餐会上发表演讲，就中美关系、中国加入世界贸易组织和中美贸易等问题阐述中国的立场。

晚餐会由纽约经济俱乐部主席威廉·麦克多诺主持。他在致辞中说：

> 毋庸置疑，美中两国由于哲理和传统等方面的不同，在一些问题上有不同的观点，但有一点是双方的共识，即拥有全世界四分之一人口、历史悠久和幅员辽阔的中国应该在世界舞台上发挥重要作用，美国人民和美国商界愿意通过扩大贸易和在华投资，积极发展与中国的经贸合作关系。

纽约经济俱乐部成立于 1907 年，共有 600 多名会员，主要来自纽约地区以及美国东北部的商界和金融界高级领导层。出席晚餐会的有该俱乐部的许多知名人士以及纽约地区的一批有影响的经济、金融界名流。

在演讲中，朱镕基说：

中美两国人民的友谊有着深厚的历史基础。发展中美友好合作关系不仅有利于中美两国人民，而且有利于世界人民，有利于世界的和平与合作。尽管中美关系出现过一些波折，现在也遇到了一些困难，但这些在中美交往的历史长河中不过是小小的插曲。我们希望并相信中美关系排除干扰，不断前进。

朱镕基说，在华盛顿期间，他同克林顿总统进行了友好、坦诚的会谈，取得了建设性的成果；在中国加入世界贸易组织的问题上，也取得了重要进展。他在美国各地会见了很多国会议员和官员，接触了许多美国民众，深切体会到美国人民对中国人民的深厚情谊，他们都愿意进一步发展同中国的友好合作。

他接着指出，中美两国各方面的合作前景是广阔的，上周他与戈尔副总统在华盛顿共同主持了中美环境与发展讨论会第二次会议。他认为，中国在环保、能源、电信等方面可以给合作方提供广大的市场。

朱镕基强调说：

所谓的"中国威胁论"是毫无根据的，"中国威胁论"应当改为"中国机遇论"。中美应该是合作的伙伴。

朱镕基说，美国确实有不少先进的管理经验值得中国学习和借鉴，但借鉴和引进要适合中国的特点和需要。朱镕基在演讲中还以有力的证据、具体的事实阐明了中国的人权观，并介绍了加强社会主义法治建设的情况。

朱镕基的精彩演讲，博得听众一阵又一阵的热烈的掌声。

14日上午，朱镕基结束在纽约的访问后抵达波士顿，并在马州理工学院发表精彩演讲，对美国对华贸易逆差作了深入浅出、生动形象的解释。

朱镕基不用讲稿，娓娓道来，有理有据，谈笑风生，给在场的1200多名听众留下了深刻的印象，会场反应极为热烈。

朱镕基结束访美后，继续对加拿大进行访问，并于4月18日回到北京。紧接着，美国的谈判小组也到了北京。

4月22日，双方重开谈判，但到4月底，仍不能弥合分歧。于是双方决定，5月中旬在北京重开谈判。

就在中美谈判峰回路转的时候，5月8日，在以美国为首的北约对南斯拉夫的轰炸中，美国导弹击中中国驻南斯拉夫大使馆，中美关系顿时跌入低谷。两国关于中国入世的谈判暂告中断。

江泽民同意重开谈判

1999 年 5 月 14 日晚，江泽民应克林顿总统的要求与他通电话，接受对方的道歉。

江泽民表示，当务之急，美国政府要对此事件进行全面、彻底、公正的调查，迅速公布结果，满足中国政府和人民提出的全部要求。

克林顿表示："我愿对发生在贝尔格莱德的悲剧表示由衷的道歉，尤其是向受伤人员和遇难者的家属表示我个人的歉意。"他保证查清事件发生的原因，并尽快让中国人民了解事实真相。他表示中美两国关系非常重要，他将尽最大努力处理好这场悲剧，使两国关系恢复正常发展。

在接下来的两个月中，中国人民愤怒了。从北到南，从沿海到内陆，到处都是声讨美国暴行的声音。

7 月 15 日，中美分别举行关于"炸馆"事件的两轮谈判，在第二轮谈判中，就中国伤亡人员的赔偿问题达成共识，美国承诺将尽快向中国政府支付 450 万美元的赔偿费。

7 月 27 日，美国商务部副部长戴维·阿伦自炸馆事件后首次访问北京，与中国外经贸部的高级官员进行了贸易会谈，讨论了去年第十二届中美商贸联委会上涉及的减少市场障碍、增进美国出口的问题。

中美双方对会谈的气氛给予高度评价。也是在 27 日，美国众议院批准将美国同中国的正常贸易关系延长一年。克林顿总统发表声明欢迎这一决定，称这是"两党高度一致的表决"，并再次表示"决心在商业上可行的条件的基础上继续寻求关于中国入世的协议"。

随着紧张关系的缓和，恢复关于中国入世的谈判时机已到。

9 月 6 日，中美双方重开谈判。9 月 8 日，江泽民在访问澳大利亚期间会见记者时，趁着中澳关于中国入世的谈判达成协议的机会，向美国发出强烈信息。

江泽民说：

从今年 8 月开始，美国就不断传来信息，要同中国恢复进行谈判。最近，克林顿总统专门就中美恢复谈判问题给我写信，我复信表示同意，谈判又开始了。

江泽民还指出：

今年春天，美国又失去了一个很好的机会，朱镕基总理访问美国，本来可以达成协议。但据说又是因为美国国会的原因没有谈成。中澳两国现在已就中国加入世贸组织达成了协议。

中美之间谈得好不好，能不能达成协议，很大程度上取决于美国。

9月11日，江泽民与克林顿利用一年一度的亚太经合组织领导人非正式会议在新西兰首都奥克兰举行的机会，举行正式会晤，双方就两国关系中存在的重要问题广泛地交换意见。

两国领导人把他们预先准备好的讲稿放在一边，开门见山地表示，从"炸馆"以来中美关系的不正常状态不能再继续下去了，中美两国关系应该恢复正常，继续前进。

在这次会晤中，双方着重就中国加入世界贸易组织的问题交换意见，作出正式恢复谈判的指示。江泽民表示：

> 中方对加入世界贸易组织一直持积极态度，中国入世不仅是中国经济发展和改革开放的需要，也是建立一个完整开放的国际贸易体系的需要，中国希望谈判能在平等互利的基础上进行，争取早日达成协议。

克林顿表示，美国支持中国尽早加入世界贸易组织，希望尽快成功地结束同中国的谈判，希望双方能为此进一步做出努力。

中美首脑新西兰会晤对中美关系的发展具有重大意义。它表明，由于双方的共同努力，两国关系克服因"炸馆"事件带来的种种困难，中美关系已经全面恢复。

中美首脑新西兰会晤后，两国加紧了关于中国入世谈判的步伐。

1999年10月下旬，美国财政部长萨默斯应邀访问中国。当时，朱镕基正在甘肃考察。萨默斯、李侃如等赶赴兰州。

10月24日，萨默斯一行与朱镕基进行会晤，这次会晤持续了两个半小时，会晤虽然没有在具体问题上取得重大进展，但气氛"非常有益、热情和坦诚"，对于双方在中国加入世界贸易组织问题上的沟通极有好处。

10月上旬和11月上旬，中美两国首脑又两次通电话，决定加速完成中美谈判，以期在11月西雅图世界贸易组织部长级会议之前达成协议。

四、正式入世

● 石广生满怀希望地说："我们期盼着中国能在今年内加入世界贸易组织，我们愿以世界贸易组织一员的身份为世界经济贸易的发展做出重要的贡献。"

● 孙振宇在机场对新华社记者发表谈话说："作为中国第一位驻世界贸易组织大使，我感到很荣幸。这个工作也非常具有挑战性。"

中美在京签署双边协议

1999 年 11 月 10 日，由中国外经贸部部长石广生率领的中国政府代表团，与巴尔舍夫斯基和斯珀林率领的美国政府代表团在北京进行谈判。

当时，双方感觉可以在两天之内结束谈判，但结果却出人意料。

在谈判中，中美双方在服务贸易问题上仍然有很大分歧。两天谈判结束后，白宫宣布谈判延长一天。第三天，谈判仍然艰难。有消息说，美方表示愿意放弃坚持外资控制电信公司 51% 的股权，中国的立场一直是坚持外资以 49% 为上限。

在保险业方面，中国坚持在中国入世 5 年后才开放，而美国要求以 3 年为期。在纺织品出口方面，中国坚持输美纺织品配额限制在 2005 年取消，但美方说至少必须维持 10 年。

11 月 12 日的谈判没有任何结果。美国代表放风说，他们已经订好了 13 日回国的机票，但他们实际上也不想无功而返。巴尔舍夫斯基坚持要见朱镕基总理，要了解中国领导人对问题的想法。

中美两国领导人都十分关心正在进行的谈判。12 日谈判结束后，克林顿表示，两国的谈判只剩下一些"具体的"和"少数的"问题还没有解决，他没有放弃与中国达成协议的希望。

13 日凌晨 3 时 15 分，中方代表叫醒巴尔舍夫斯基，通知她，朱镕基总理将在 13 日上午会见美国谈判代表。

当天上午，朱镕基在中南海会见美国谈判代表，与他们进行了亲切的谈话。朱镕基鼓励美国谈判代表继续谈下去，认为协议达成已经指日可待。

下午，双方继续谈判，直至 14 日凌晨。美国大使馆曾表示，可能会在 14 日凌晨发布消息，但会谈结束后却没有消息。

14 日清晨，巴尔舍夫斯基的手下已通知酒店退房。他们把行李都搬上了车，但随后又搬了下来，显然是突然改变了主意。

当天，美国代表团在外经贸部与美国大使馆之间多次往返，不断向华盛顿汇报和请示。据美方代表斯珀林后来介绍说，14 日谈判的主要问题仍然是美国要求扩大电信、保险和汽车方面的市场准入，而中国坚持立场，不肯妥协。他们问克林顿，是否要软化一点儿立场，以期取得协议。

克林顿干脆地说："不，你们已竭尽所能了。"美国代表团决定 15 日离开北京回国。

15 日清晨，美国谈判代表团的行李已经送到了机场。这时，朱镕基和中方谈判代表传来话，希望举行最后一次会谈。

吴仪参加了上午的会谈。朱镕基突然来到外经贸部再次会见美国代表。他对有争议的 7 个问题中的两个做出让步，但认为美方应当在其他问题上让步。

巴尔舍夫斯基和斯珀林躲进一间女厕所，给克林顿总统打电话，克林顿当时正在安卡拉参加北约的首脑会议，克林顿同意朱镕基的安排。

当天下午，谈判继续举行。15 时 50 分，中美关于中国加入世界贸易组织的双边协议在外经贸部签署。石广生在签字仪式上表示：

> 在谈判过程中，双方本着互谅互让、平等协商的精神以及双赢的原则，最终取得了双方满意的结果。

他指出，中国将争取在年内加入世界贸易组织。他表示，"中国加入世界贸易组织后，将在享受其权利的同时，也承担相应的义务，并愿同世界贸易组织各成员积极合作，为世界经济贸易的繁荣共同努力"。

巴尔舍夫斯基表示，美中签署这一协议将有助于规范两国双边贸易，对中国经济改革和开放有所裨益。她说，协议的达成使中美关系有了新的"固定装置"，使中美关系变得更加固定。

签字仪式结束后，石广生发表即席讲话。他说：

从 11 月 10 日到 15 日，中美两国代表团就中国加入世界贸易组织进行了谈判，经过 6 天紧张的工作、认真的谈判，本着互谅互让、平等协商的精神，终于达成了双方都满意的协议。

这个谈判的进行和协议的达成是在两国领导人的亲自关怀和领导下进行的，协议的达成符合中美两国的利益，也有利于中美关系的稳定和发展，并有利于中国尽早加入世界贸易组织，促进世界经济贸易的发展。

石广生最后满怀希望地说：

我们期盼着中国能在今年内加入世界贸易组织，我们愿以世界贸易组织一员的身份为世界经济贸易的发展做出重要的贡献。中国是世界上最大的发展中国家，中国加入世界贸易组织必将促进世界贸易的发展和世界贸易新秩序的建立和改善。我们要感谢世界各个国家对中国加入世界贸易组织所表示的支持。

在此之前，中国已经与日本、澳大利亚和智利等 12 个世界贸易组织成员结束了双边谈判。

江泽民会见美国代表团

1999 年 11 月 15 日下午，江泽民在中南海会见由美国贸易代表巴尔舍夫斯基和美国国家经济委员会主席斯珀林率领的前来北京参加中美关于中国加入世界贸易组织问题双边谈判的美国政府代表团。

国务院副总理钱其琛、国务委员吴仪、外交部部长唐家璇、外经贸部部长石广生、外交部副部长杨洁篪、外经贸部首席谈判代表龙永图，以及美国驻华临时代办麦克海、美国贸易代表办公室法律顾问诺维克、美国助理贸易代表卡西迪等会见时在座。

在谈话中，江泽民对美国客人说：

几天来，你们同石广生部长为首的中方代表团就中国加入世界贸易组织问题进行了夜以继日的谈判。令人十分高兴的是中美双方经过共同努力最终达成了协议。

江泽民对双方代表团锲而不舍的工作精神和取得的成果表示高度赞赏。江泽民指出，"有志者，事竟成"。

江泽民高兴地说：

中美双方今天终于签署了《中美关于中国加入世界贸易组织的双边协议》，这具有重大的现实和历史意义。

江泽民表示相信，这一协议的签署将有利于加快中国加入世界贸易组织的进程，有利于促进中美经贸合作的全面发展，有利于中美关系的改善和发展，并将为世界经济的发展与繁荣注入新的动力。

巴尔舍夫斯基说，在双方签署协议之前，她曾给克林顿总统打过电话。克林顿总统委托她当面向江主席表示感谢。克林顿总统认为，正是由于江主席从战略的高度来看待和处理两国关于中国加入世界贸易组织的谈判问题才使得双方终于达成了协议。

斯珀林说，美中双方本着极大的诚意达成了协议，这对双方来说都是一个好的协议，这也是一个具有历史意义的协议，必将载入美中关系发展的史册。

江泽民接着说：

中美双方关于中国加入世界贸易组织问题达成协议，充分说明我们双方应该从战略的高度和展望 21 世纪的角度来审视和处理事关中美两国人民和世界人民根本利益的大事。

江泽民请巴尔舍夫斯基转达他对克林顿总统的亲切

问候。江泽民强调：

> 中国将坚定不移地推进改革开放事业，不断扩大同世界各国的互利合作，继续为建立一个完整、开放的国际贸易体系，为世界的和平与发展作出积极的贡献。

获悉中美之间的谈判顺利结束，正在土耳其进行访问的克林顿总统发表讲话说，他对协议的签署表示高兴，这是美中关系发展进程中意义深远的一步，签署协议为中国加入世界贸易组织扫清了道路，对美、中以及世界经济均有益。

克林顿还在讲话中保证，立即着手实行协议中美国的最重要承诺：促使国会批准给予中国永久性正常贸易待遇。

当天，巴尔舍夫斯基和斯珀林发表联合声明说：

> 经过13年的谈判，中国和美国终于就中国加入世界贸易组织达成了有力的、商业上可行的协议，对此我们备感喜悦。这个具有历史意义的协议，有利于美国的出口业，有利于中国的经济改革，有利于全球贸易体系，有利于美中两国的长期关系。

在随后举行的记者招待会上，巴尔舍夫斯基还表示，这一协议的签订"会有助于以最本质的方式稳定美国与中国之间的关系"。

在中美两国关系复归正常的同时，中美双方于 12 月 16 日就中国驻贝尔格莱德使馆赔偿问题达成协议。根据协议，美方将向中方支付 2800 万美元，作为对中国使馆财产损失的赔偿；中方将赔偿美方 287 万美元，以支付美方轰炸引发的中国人民反美示威中损坏的美国驻华使领馆建筑。

中美两国就中国加入世界贸易组织签署双边协议，标志着中美之间这一长达 13 年的双边谈判正式结束，有利于中国早日加入世界贸易组织，有利于世界经济贸易的发展。

石广生参加部长级会议

1999 年 11 月 30 日，世界贸易组织第三届部长级会议于 30 日下午在美国西雅图市开幕。这次会议将揭开全球多边贸易体系"千年回合"谈判的序幕，确立新一轮贸易谈判的框架和主要议题，对于推动 21 世纪世界贸易和经济的进一步发展具有重要意义。

正在申请加入世界贸易组织的中国政府派出了以外经贸部部长石广生为首的代表团，以观察员身份出席本届部长会议。代表团成员还包括中国首席谈判代表龙永图、中国驻美国大使李肇星等。

这届会议在西雅图市中心的华盛顿州会议和贸易中心举行。当天 15 时 30 分，世界贸易组织总干事迈克尔·穆尔宣布会议开始。

美国副国务卿阿兰·拉森在会上宣读国务卿奥尔布赖特的书面发言。奥尔布赖特说：

国际贸易将带来更大的繁荣和稳定，将在更高层次上促使各国经济相互依赖，推动国与国之间加强对话。

新加坡贸易和工业部长杨荣文发言说，新一轮贸易谈判是给所有发展中国家和转型国家"带来希望的谈判",而中国加入世界贸易组织"正是这种希望的表现"。

他说,开放农业领域对于许多发展中国家意义重大。在劳动密集型领域进一步开放市场,将使发展中国家数以亿计的人口摆脱贫困状态。

巴基斯坦商务部长阿卜杜勒·达乌德在发言中呼吁新一轮谈判应充分反映发展中国家的利益。他说,在过去的多轮贸易谈判中,发展中国家在相对占优势的领域,尤其是在农产品和纺织品领域,没有得到平等待遇。世界贸易组织目前的农产品协议允许发达国家通过高关税保护自己的农业。此外,发达国家还利用安全保障条款、反倾销及补贴等措施,限制发展中国家的农产品出口。

印度、巴基斯坦和巴西等发展中国家的代表在发言中还明确提出,反对将环保和劳工标准等内容纳入新一轮谈判。

随着中国在国际社会中影响力的提升,以及中美谈判的进展,美国国内支持中国加入世界贸易组织的呼声越来越高。

2000 年 1 月 5 日,在美联社日前对美国总统竞选人进行的一次测问中,美国民主、共和两大政党的主要总统竞选人都明确表示支持中国加入世界贸易组织,并呼吁美国国会批准给予中国永久性正常贸易关系待遇。

民主党主要总统竞选人、现任美国副总统戈尔说:

　　美国同中国达成有关世界贸易组织的协议，将能更好地确保公平贸易，保护美国的农业和制造业免受进口暴涨、不公平价格和不良投资行为的影响。

　　他表示支持中国通过加入世界贸易组织而使其同美国的正常贸易关系待遇得到延长。

　　民主党的另一位主要总统竞选人布拉德利说，给予中国永久性而不是年度性的正常贸易关系待遇符合美国的利益，因为这将使中国成为一个更加可靠的贸易伙伴，使美国的公司能够开拓更大的中国市场，从而为美国的工人和农民创造新的更好的就业机会。

　　共和党主要总统竞选人、得克萨斯州州长小乔治·布什说，作为中国加入世界贸易组织的一部分，他赞成给予中国永久性正常贸易关系待遇，因为这将使美国的企业和农产品能够进入正在不断扩展的中国市场，缩小美国同中国的贸易逆差。

　　共和党另一位主要总统竞选人麦凯恩说：

　　同中国保持经济和外交关系符合美国的国家利益。将中国关闭在世界经济体系之外，只会产生负面效果。

　　共和党的另一位总统竞选人奥林·哈奇也表示支持

给予中国永久性正常贸易关系待遇。

2000 年 1 月 10 日，克林顿在白宫宣布，为解决中国的永久正常贸易待遇问题组成了专门班子，由白宫办公厅主任波德斯塔负责全面工作，由商务部长戴利和白宫办公厅副主任里凯蒂领导对国会的游说工作，并在国家安全委员会设立了"作战室"。

2000 年 1 月 19 日，克林顿在白宫召开顾问团会议，讨论如何促使国会批准对华永久性正常贸易待遇。

当时，美国民主党的支持集团劳工组织和人权组织都反对给予中国永久性正常贸易待遇，因此要取得本党议员的支持反而变得十分困难。

克林顿政府决心尽可能取得国会中共和党人的支持，并将此作为工作的重点。

2000 年 1 月 24 日，克林顿在《新民主党人》杂志上撰文表示，把寻求国会支持对华永久性正常贸易待遇作为新一年中的首要任务，他从巨大的经济利益、加快中国民主进程、增强美国国家安全等方面阐述了对华永久性正常贸易待遇的好处。

当天，克林顿致函参众两院领袖，向他们解释与中国达成的协议，寻求得到国会的支持。他说：

美国必须给予中国永久正常贸易待遇，否则就会失去我们谈判达成的协议带给我们的所有好处。如果国会拒绝给予中国永久正常贸易待遇，那么我们的亚洲和欧洲竞争者就会收获这些好处，而美国的农场主和商人被远远地抛在后头。

与此同时，中方也在积极努力，争取各方面的支持。2000年1月9日，世界贸易组织下任总干事、泰国副总理兼商业部长素帕猜·巴尼巴滴在接受记者书面采访时强调说：

中国加入世界贸易组织不仅对中国自身有利，还将使世界贸易组织以及整个国际贸易体制受益。因为只有中国这个世界上最大、人口最多的发展中国家加入世界贸易组织，世界贸易组织才能清楚地表明，它是真正的全球性贸易机构，才能促进国际贸易体制向更加公开、更加自由的方向发展。

他说，中国一旦成为世界贸易组织成员，将为世界各国在消费市场、资源、劳动力等方面提供巨大的机会。中国加入世界贸易组织，无疑将有助于世界贸易组织内部制定更为公平的贸易谈判规则和议程。

素帕猜说：

毫无疑问，中国实行经济改革和贸易自由

化的道路将是崎岖不平的。但在处理亚洲金融危机时以及在争取加入世界贸易组织的过程中，中国不仅已经做出了牺牲，而且还表现出了耐心、宽容和毅力等优点。

素帕猜坚信，21 世纪的世界贸易组织定能成为更有效、更具活力、更能代表所有国家利益的全球性贸易机构。

中方加快入世谈判步伐

1999 年 2 月 17 日下午，朱镕基在中南海会见来访的世界贸易组织总干事穆尔，双方就中国加入世界贸易组织问题深入交换意见。

在谈话中，朱镕基首先对穆尔为中国加入世界贸易组织所做的积极努力表示感谢。他说：

世界贸易组织没有中国的加入是不完整的。去年中美双方达成"双赢"协议后，中国又与其他许多世界贸易成员举行了多次双边谈判，达成了协议。目前，中国正与包括欧盟在内的少数成员进行积极谈判，谈判正在加快。

朱镕基说，中国与欧盟的新一轮谈判即将进行，希望在这次谈判中，双方能取得共识，达成协议。

穆尔说，中国加入世界贸易组织将是一个历史性事件。中国加入世界贸易组织之日对中国和世界都是一个伟大的日子。世界贸易组织现在还称不上是世界贸易组织。只有在中国加入后，它才能成为真正的世界贸易组织。

他表示，他与他的同事们将尽力协助中国尽早加入世界贸易组织，这对世界贸易组织具有重要意义。

2 月 18 日，石广生与穆尔举行会谈。石广生表示，中国正在加紧有关入世的双边谈判，希望在世界贸易组织总干事和世界贸易组织秘书处的协助下，使中国早日成为世界贸易组织成员。

石广生说：

> 继中美达成入世双边协议后，中国与其他世界贸易组织成员的谈判进程明显加快，最近又与许多世贸成员签署了双边协议，与欧盟等剩余几个要求谈判的世界贸易组织成员也在加紧进行谈判。

石广生重申：

> 作为一个负责任的大国，中国入世后，在享受世界贸易组织成员应有权利的同时，也将会履行自己应尽的义务，遵守世界贸易组织规则，执行多、双边协议。

他接着说：

> 入世给中国既带来机遇，也带来挑战。目前中国已在两个方面为此做准备：一是普及世

界贸易组织的规则和知识，让中国民众了解世界贸易组织，并知道如何迎接入世后的机遇和挑战；二是正对现有法律、法规和政策进行清理，对明显与世界贸易组织规则不相符的，将作相应修改，以便以法律法规形式来确保世界贸易组织规则的执行。

穆尔表示，他这次来北京，主要是代表世界贸易组织、世界贸易组织秘书处的工作人员和他本人表示对中国加入世界贸易组织的支持，并为中国早日加入世界贸易组织提供协助。

他说："中国加入世界贸易组织，对中国、世界各国和世界贸易组织都是有利的。我的目标很明确，希望中国早日成为世界贸易组织成员，使世界贸易组织成为真正的世界性的贸易组织。"

中国入世谈判取得进展

2000 年 4 月 28 日，九届全国人大常委会第十五次会议分组审议国务院关于中国加入世界贸易组织进展情况的报告。

与会代表认为，我国是世界上最大的发展中国家，加入世界贸易组织有利于我国的改革开放和经济建设，同时也有利于建立、完善开放的国际贸易体系，这将使世界贸易组织成为名副其实的世界多边贸易组织，并进一步促进世界贸易的发展和世界贸易新制度的建立与完善。

李鹏出席当天的分组审议。

在分组审议中，常委会组成人员对我国政府为我国加入世界贸易组织所做的努力给予了充分肯定和支持。许多委员在发言中说，我国为恢复关贸总协定缔约国地位和加入世界贸易组织，进行了长达 13 年的谈判。1999 年 11 月中美两国签署了关于中国加入世界贸易组织的双边协议，这对我国早日加入世界贸易组织，促进世界经济贸易的发展，都有积极的意义。

委员们认为，我国加入世界贸易组织，将使其成为名副其实的世界上最大的多边贸易组织，从而促进世界贸易的发展和世界贸易新制度的建立和完善。

委员们指出，我国是发展中国家，只能以发展中国家的身份加入世界贸易组织，并且必须坚持权利与义务平衡、循序渐进开放市场的原则，以维护国家经济安全和国家主权。

许多委员说，加入世界贸易组织，将有利于我国的改革开放，有利于我国的经济发展，也有利于发展我国与世界各国的经济贸易关系。

当天，常委会会议还分组审议了全国人大代表团访问澳大利亚等四国情况的书面报告、中国和越南陆地边界条约等四个条约和协定。

5月5日，美国商务部长戴利在休斯敦发表题为《中国加入世界贸易组织对美国企业的影响》的演讲，强烈呼吁支持中国入世。

戴利在美国亚洲协会得克萨斯分会和美国尤尼科公司联合举办的午餐会上演讲时表示，中国经济发展迅速，在今后几年中，中国对电脑、手机、能源，特别是天然气以及农产品的需求量将大幅度增加，使用互联网的人会越来越多，中国将成为美国中小企业一个潜在的巨大市场。目前中国正在努力使自己的贸易体制与国际接轨。

戴利说，美国正面临着一个将中国纳入国际贸易体制中的难得的机会。美国国会将于5月下旬就给予中国永久性正常贸易关系地位的议案进行表决。

戴利认为，不能使中国入世问题受制于美中在政治领域的分歧和美国国内政治。

关于是否给予中国永久性正常贸易待遇，在美国内部争论最大。

早在 3 月 8 日，克林顿就正式向国会提交了给予中国永久性正常贸易待遇的议案。

当天，克林顿发表外交政策演讲，敦促国会尽快表决通过该议案，因为"国会将要表决的不是中国是否加入世界贸易组织，国会只能决定美国是否愿意分享中国入世带来的经济收益"。而且"支持中国加入世界贸易组织不仅符合我们的经济利益，也无疑符合我们更大的国家利益。这是自 20 世纪 70 年代尼克松总统访华和卡特总统使两国关系正常化以来能够影响中国发生积极变化的最具重大意义的机会"。

根据美国法律，议案将在众议院首先进行表决，待众议院通过后再提交参议院。克林顿政府充分估计到对华永久性正常贸易待遇可能遇到的困难，在提交议案后，内阁全体出动，在国会听证会作证，奔赴全国各地发表演说，不断强调对华永久性正常贸易待遇带来的经济好处，并且一再指出这符合美国的战略利益，对中美关系的发展、对维护亚太地区的和平和稳定具有重要意义。

当时，根据白宫发言人洛克哈特说，克林顿在这一议案上投入的时间、资源和精力几乎超过以往任何一次立法斗争。

由于给予中国永久性正常贸易待遇事关重大，美国政治势力进行了重新组合。反对势力来自两党，拥护者也暂时抛弃党派成见，联起手来。

一向同克林顿作对的共和党领导层和议员，在这个关乎美国经济利益和战略利益、关乎自身选票的问题上，罕见地与克林顿政府站在了一起。

5月24日，美国众议院以237票对197票通过给予中国永久性正常贸易待遇的法案。克林顿随后在白宫发表讲话说：

> 今天众议院的表决为美国的持续繁荣、中国的改革和世界的安全与和平采取了一个具有历史意义的步骤。

克林顿说，美国将继续"捍卫我们的利益，但是，在中国发展的这个阶段，我们张开手臂的积极影响要大于握紧拳头的影响"。国务卿奥尔布赖特发表声明，赞扬众议院的决定，表示该议案将为"今后多年建设性的双边关系打下基础"。

中国方面也随即作出反应。5月25日，中国外经贸部发言人就此发表谈话，一方面对美国国会众议院通过对华永久性正常贸易待遇法案表示欢迎，认为议案的通过是明智的；另一方面指出：法案同时包含了借口人权等问题企图干涉中国内政、损害中国利益的条款，这是中国政府所坚决反对和不能接受的，中方对此表示严重关注和不满，并保留进一步作出反应的权利。

众议院通过议案后，克林顿政府一再催促参议院尽快对议案进行表决。

6月1日，巴尔舍夫斯基在华盛顿美中商会表示，议案的表决时间拖得越长，失去已经取得的成绩的风险就越大，希望参议院能在6月12日开始讨论，最好在周末结束前进行表决。

在此期间，美国国防部长科恩7月11日开始对中国进行为期5天的正式访问，这是自北约轰炸中国驻南使馆后两军关系中断以来，美国国防部高级官员对中国的首次访问。

7月14日，科恩在访问上海证券交易所时发表题为《给予中国永久正常贸易待遇对美国安全十分必要》的讲话，指出：

> 事实是中美人民已互相依存，共同享受两国关系带来的和平和繁荣，我们的共同繁荣很大程度上有赖于自由贸易的力量，商业使得人与人、国与国之间具有共同的利益，而共同的利益是和平的根本因素。

他还说：

> 在经济安全与国家安全变得密不可分的当今社会，给予中国永久正常贸易待遇无论对美

国经济安全还是国家安全都十分必要。我们确信，如果中国在国际体系中拥有更多的利益，就会倾向于与美国合作来解决更广泛的问题。

9月4日，江泽民应邀赴美国纽约出席联合国千年首脑会议。

9月8日上午，江泽民与克林顿举行正式会晤。在谈话中江泽民指出：

> 中美关系尽管几经风雨，但总的趋势是不断向前发展的。事实说明，中美两国保持并发展健康、稳定的关系符合两国人民的根本利益，有利于亚太地区乃至整个世界的和平、稳定与发展。中美两国领导人都要站得高、看得远，牢牢把握两国关系的大局，在中美三个联合公报的基础上，扩大交流，加强合作，妥善处理双方的分歧，特别是处理好台湾问题，使中美关系在新的世纪里健康、稳定、持续地向前发展。

同时，中国与欧盟的谈判也取得重大进展。

早在5月19日，江泽民在中南海会见前来与中方举行中欧关于中国加入世界贸易组织问题谈判的欧盟委员会贸易委员帕斯卡尔·拉米一行，并同他们进行了友好的谈话。

江泽民首先祝贺中欧双方达成关于中国加入世界贸易组织的双边协议，并对双方谈判代表的辛勤工作表示感谢。江泽民说：

> 几个月前，我访问欧洲与欧洲各国的领导人会谈时，大家都有一个共同的愿望，就是希望双方早日就中国加入世界贸易组织达成协议。今年以来，中欧双方在布鲁塞尔和北京进行了多次磋商，双方代表团本着互谅互让、平等协商的精神，做出了重要努力。今天终于达成了一个"双赢"的协议。

江泽民说，中国与欧盟有长期友好的双边关系。中欧关于中国加入世界贸易组织协议的达成向世界表明，中欧在重大战略问题上完全可以通过协商取得一致。

拉米感谢江泽民主席的会见和友好的讲话。他强调，欧中双方今天签署的协议对双方都是十分重要的。欧中签署的协议向世界发出了一个重要的信息，即中国仍然致力于改革开放，而欧盟希望中国的努力取得成功，并愿意与中国一道朝着这一方向前进。

拉米表示，在双方建立外交关系 25 周年之际，欧盟与中国达成这一协议表明欧中之间有着特殊的友好合作关系。欧盟愿意在经贸和政治等各个领域进一步加强同中国的友好合作。

多哈会议通过中国入世申请

2000年6月19日，世界贸易组织中国工作组第十次会议在日内瓦举行，以龙永图为团长的中国代表团参加了这次会议。

6月23日，针对这次工作组会议的讨论情况，龙永图在会上发言说：

中国加入世界贸易组织的多边谈判进程已经出现了良好的势头，中国加入世界贸易组织的主要法律文件、议定书和工作组报告书的基本框架已经形成。

龙永图强调指出：

权利与义务平衡是中国加入世界贸易组织的基本原则。世界贸易组织是以规则为基础的多边贸易组织，中国愿意遵守世界贸易组织的原则，全面履行在多、双边谈判中承诺的义务，同时享受世界贸易组织成员的权利。如果世界贸易组织成员期望中国全面执行它已经作出的承诺，那么他们必须尊重中国在世界贸易组织中的权利。只有中国取得了在世界贸易组织中的正常权利，中国才能有效地履行它所承担的义务。中国的企业希望在平等互利的国际环境中与世界各国的企业开展更为广泛的合作。

龙永图在发言中对支持中国立场的许多代表团，特别是发展中国家代表团表示感谢。他说："这些世界贸易组织成员的立场是对多边贸易体制的维护，也是对公平和公正原则的维护。"

他敦促所有工作组成员都能够在多边谈判进程中采取公正、灵活、务实的态度，支持中国在权利与义务平衡的基础上尽早加入世界贸易组织。

8月27日，中国加入世界贸易组织培训班在北京开学，来自北京、四川、内蒙古、广西、海南、甘肃、云南、山东、辽宁等10多个省、市、自治区的学员以及外经贸部和欧盟委员会驻华代表处的官员出席了开学仪式。

11月9日，全国人民代表大会常务委员会通过关于中国加入世界贸易组织的决定：

同意国务院根据上述原则完成加入世界贸易组织的谈判和委派代表签署的中国加入世界贸易组织议定书，经国家主席批准后，完成我国加入世界贸易组织的程序。

这样，中国加入世界贸易组织的程序确定了下来。

11月9日下午17时30分，世界贸易组织第四届部长级会议在卡塔尔首都多哈开幕，中国代表团团长石广生率领全体成员以观察员身份出席会议。

会议东道国卡塔尔埃米尔哈马德、世界贸易组织总干事穆尔、联合国贸发会议秘书长里库佩罗在开幕式上发表讲话。

这是中国最后一次以观察员的身份出席世界贸易组织会议。第二天，会议将审议通过中国入世所有法律文件，中国将被接纳为世界贸易组织新成员。

11月10日，中国政府代表团团长、外经贸部部长石广生在世界贸易组织第四届部长级会议上发言。

石广生说：

主席先生：

在经历了长达15年的艰苦努力谈判之后，我们终于迎来了这一历史性时刻。在此，我代表中国政府对世界贸易组织部长级会议作出关于中国加入世界贸易组织的决定表示感谢。借此机会，请允许我对长期以来支持中国加入世界贸易组织的所有成员和中国工作组主席吉拉德先生表示感谢。我还要对15年来给予我们支持和帮助的历任总干事——邓克尔先生、萨瑟兰先生、鲁杰罗先生、穆尔先生表示感谢。

加入世界贸易组织和全面参与多边贸易体制，是中国领导人在经济全球化进程加快的形势下作出的战略决策。中国为复关和加入世界贸易组织做出了长期不懈的努力，这充分表明了中国深化改革和扩大开放的决心和信心。

　　从西雅图到多哈的道路并不平坦，给我们的思考和启示是十分深刻的。两年前的西雅图会议没有能够启动新一轮多边贸易谈判。我们认为，在经济全球化迅猛发展的今天，我们应该顺应形势的发展，通过各成员的平等协商，共同制定有关规则，对日益广泛和复杂的国际经济贸易活动进行有效的协调和管理。

石广生最后说：

　　新的世纪充满机遇和挑战，让我们共同合作，迎接挑战，使多边贸易体制得到巩固和加强，为世界经济贸易的稳定和发展不断做出贡献。

　　最后，请允许我代表中国政府对卡塔尔政府为筹备世界贸易组织第四届部长级会议所做的大量工作表示感谢。

　　谢谢主席先生。

石广生的讲话结束后，全场爆发出热烈的掌声。

当地时间 10 日 18 时 30 分，在多哈喜来登酒店萨尔瓦会议大厅，世界贸易组织第四届部长级会议主席，卡塔尔财政、经济和贸易大臣卡迈勒宣布：大会开始讨论下一个重要议题，即中国加入世界贸易组织问题。

世界贸易组织中国工作组主席吉拉德向大会报告工作组的工作，并向大会提交部长级会议《关于中国加入世贸组织的决定》草案，请大会审议和通过。

在没有任何反对意见的情况下，会议主席卡迈勒手中击槌轻落，标志着中国长达 15 年复关和加入世界贸易组织进程的结束，宣告了一个历史性时刻的诞生。

坐在主席台上的世界贸易组织总干事穆尔等首先起立鼓掌表示祝贺；接着，中国代表团全体成员起立鼓掌，全场 700 多名与会代表也纷纷站起来，热烈鼓掌。

当时，很多中国代表无法控制内心的激动，他们有的在会场流下了眼泪。10 多年的艰辛历程，他们终于走过来了，中国胜利了！

接着，中国政府代表团团长、外经贸部部长石广生在决定通过后作热情洋溢的发言。

石广生说：

加入世界贸易组织和全面参与多边贸易体制，是中国领导人在经济全球化进程加快的形势下作出的战略决策。中国为复关和加入世界贸易组织做出了长期不懈的努力，这充分表明了中国深化改革和扩大开放的决心和信心。加入世界贸易组织不仅有利于中国，而且有利于所有世界贸易组织成员、有助于多边贸易体制的发展。它必将对新世纪的中国经济和世界经济产生广泛和深远的影响。

石广生发言后，巴基斯坦、古巴、新西兰、澳大利亚、巴布亚新几内亚、泰国、印度、墨西哥、巴西、哥伦比亚、尼日利亚、日本、蒙古、埃及、韩国、罗马尼亚、西班牙、美国和欧盟等几十个 WTO 成员的贸易部长以及 WTO 总干事穆尔、大会主席卡迈勒先后发言，对中国加入世界贸易组织表示热烈祝贺。

当晚，中国代表团在卡塔尔首都多哈，向世界贸易组织秘书处递交国务院总理朱镕基授权外经贸部部长石广生签署中国加入世界贸易组织议定书的全权证书。

加入世界贸易组织，是党中央、国务院作出的重大战略决策，是改革开放进程中具有历史意义的一件大事，标志着中国对外开放进入一个新的阶段。

中国首位全权大使上任

2001 年 12 月 11 日零时，中国正式加入世界贸易组织，成为其第 143 个成员。

当天，外经贸部有关负责人表示：

> 正式成为世界贸易组织成员后，我国将全面参与世界贸易组织的各项工作。不久，我国将向世界贸易组织总部所在地瑞士日内瓦派出中华人民共和国常驻世界贸易组织代表团，并派出大使。我国将全面享受世界贸易组织赋予其成员的各项权利，并将遵守世界贸易组织规则，认真履行义务。

当时，"多哈发展议程"已经启动，作为世界贸易组织成员，中国将认真积极参加世界贸易组织新一轮多边贸易谈判，并在其中与其他成员一道发挥积极和建设性的作用。

各国政府、工商界、社会组织以及知名人士纷纷向中国外经贸部发来贺信、贺电，对中国加入世界贸易组织表示热烈祝贺，认为这不仅将促进中国自身的改革开放和经济发展，还将鼓舞全球经济增长的信心，有助于多边贸易体制的发展，中国将为世界经济贸易的发展作出积极贡献。

巴西外交部长拉费尔说，我们要向这一历史性的时刻致敬。巴中是战略性伙伴，巴西一直支持中国加入世界贸易组织。

墨西哥经济部长德韦斯表示，中国的加入对于多边贸易体制具有很大的促进作用。墨中两国的合作空间很大，两国的贸易发展空间也很大。中国支持启动新一轮多边贸易谈判，这将有助于全球贸易的发展。

毛里塔尼亚贸易、文化与旅游部长阿卜杜拉·哈密特向中国表示祝贺，他说中国加入世界贸易组织意义重大。

巴布亚新几内亚贸易工业部部长马撒尼说，中国加入世界贸易组织将有助于加强多边贸易体制。

尼日利亚商业部长说，中国加入世界贸易组织是发展中国家的胜利。中国加入后，发展中国家的力量加强了，发展中国家利益被忽视的局面也将得以改变。

古巴贸易国务部长卡布里萨斯说，古巴政府和人民热烈祝贺中国加入世界贸易组织。中国作为世界贸易大国，拥有世界五分之一的人口，只有中国的加入才使世界贸易组织具有了真正的代表性。

哥伦比亚对外贸易部长拉米雷斯女士说，中国加入世界贸易组织是 21 世纪的第一个里程碑。中国是哥伦比亚重要的贸易伙伴，中国入世将有助于两国经贸关系的进一步加强。

2002 年 1 月 17 日，江泽民根据全国人民代表大会常务委员会的决定，任命孙振宇为中华人民共和国常驻世界贸易组织代表、特命全权大使，并兼任中华人民共和国常驻联合国日内瓦办事处和瑞士其他国际组织副代表。

1 月 26 日，中国首任常驻世界贸易组织代表、特命全权大使孙振宇于当地时间 26 日 17 时 40 分抵达世界贸易组织总部日内瓦。

孙振宇在机场对新华社记者发表谈话说：

> 作为中国第一位驻世界贸易组织大使，我感到很荣幸。这个工作也非常具有挑战性。

他说："我期待着和世界贸易组织秘书处以及各国驻日内瓦使团密切合作。中国加入世界贸易组织本身就意味着多边贸易体制的加强。中国希望通过各方共同努力，使世界贸易组织多边贸易体制更加公正合理，能够照顾到各方利益，包括发达国家、发展中国家，特别是最不发达国家的利益。"

15 年来，伴随着复关和入世谈判，中国现代化、市场化进程又向前迈出了一大步，社会面貌和经济生活发生了沧桑巨变，成为 21 世纪全球经济舞台上举足轻重的一员。

本书主要参考资料

《中国大决策纪实》 黄也平主编 光明日报出版社

《中国改革开放史》 朵生春著 红旗出版社

《石破天惊》 张湛彬著 中国经济出版社

《中国入世全景写真》 巩小华 宋连生著 中国言实出
版社

《中美关系风云录》 周溢潢著 山西人民出版社

《中美会谈九年》 王灼南著 世界知识出版社

《中美关系史》 陶文钊著 上海人民出版社

《世纪谈判》 夏华胜著 四川人民出版社

《加入世贸组织后的中国》 王梦奎主编 人民出版社

《世纪谈判：在复关、入世谈判的日子里》 王毅著
中共中央党校出版社

《世纪谈判：中国加入世贸组织的台前幕后》 夏华胜
编著 四川人民出版社

《中国面临冲击：加入世贸组织的喜与忧》 薛荣久
王晓红主编 世界知识出版社